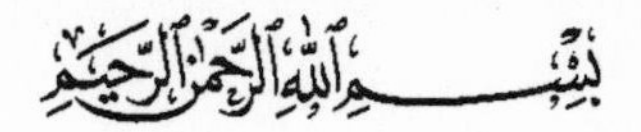

الطبعة الثانية: 1430 هـ - 2009 م
الطبعة الحادية عشر: آب/أغسطس: 1442 هـ - 2020 م

ردمك 978-9953-87-624-5

جميع الحقوق محفوظة للناشر

عين التينة، شارع المفتي توفيق خالد، بناية الريم
هاتف: 786233 - 785108 - 785107 (961-1+)
ص.ب: 13-5574 شوران - بيروت 1102-2050 - لبنان
فاكس: 786230 (961-1+) - البريد الإلكتروني: bachar@asp.com.lb
الموقع على شبكة الإنترنت: http://www.asp.com.lb

يمنع نسخ أو استعمال أي جزء من هذا الكتاب بأية وسيلة تصويرية أو الكترونية أو ميكانيكية بما فيه التسجيل الفوتوغرافي والتسجيل على أشرطة أو أقراص مقروءة أو بأية وسيلة نشر أخرى بما فيها حفظ المعلومات، واسترجاعها من دون إذن خطي من الناشر.

لوحة الغلاف: تفصيل من لوحة الفنان **فاتح المدرّس**
تصميم الغلاف: الفنان **محمد نصرالله**

الطباعة: **مطابع الدار العربية للعلوم**، بيروت - هاتف 786233 (9611+)

الملهاة الفلسطينية

IBRAHIM NASRALLAH

OLIVE TREES OF THE STREETS

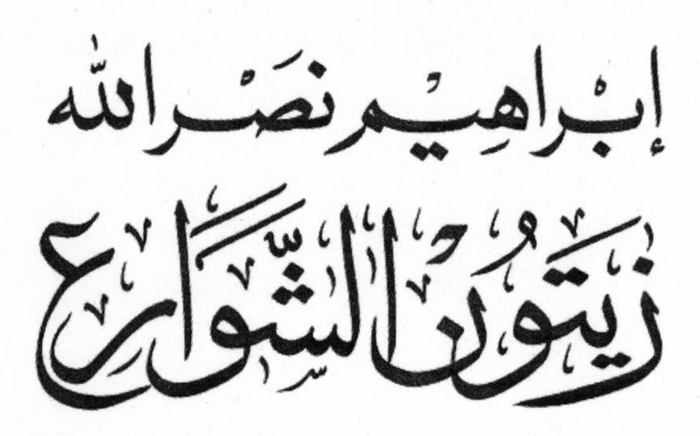

كلما أصبحتَ جزءًا من فكرتك،
قالوا إنكَ موشك على الجنون،
أمّا حين تصبحها فإنكَ الجنون نفسه!
كأن هناك مسافة أمان لا بدَّ منها بينك وبين نفسك!

الدار العربية للعلوم ناشرون ش.م.ل
Arab Scientific Publishers, Inc. S.A.L

1

- المكان الضيِّق لا جدران له
المكان الضيِّق ليس فيه إلاّ الزوايا..
وصمتتْ طويلًا
ثمَّ
صرختْ
- كلُّه غلط في غلط

ينفضون أيديهم، يحاولون الخروج من جرائمهم كالشّعرة من العجين.

ولوَّحتْ بالمخطوط في وجهه.

- أهذا ثمن دمي الذي نزفته أمامك ستّ ساعات كاملة؟ قلتُ لك: واحدة يمكن أن تسألها.. واحدة فقط. تلك التي لا يمكن أن تخون سلوى، واحدة هي السِّت زينب.. الآخر مات.. وخميس خرج ولم يعد.. ولينا. لكنك كنت مثلهم: عمِّي، (حضرته)، الطبيبة التي دفعوني باتجاهها، والشيخ أيضًا. كنتَ تلهو طوال الوقت بدورانكَ حول الحكاية لا أكثر.

ليلة كاملة، بكيتُ فيها، وأنا أقرأ صفحاتك، أكثر مما بكيتُ في حياتي كلها. أتعلم لماذا؟ لأن فكرة الملجأ كذبة. لا ملجأ لي. الحكاية من وجهات نظر مختلفة!! تريد توخِّي الدِّقة! هذه حياة وليست حكاية. أنسيت؟ وما الذي حدث؟ لقد منحتَهم الحريةَ الكاملة في أن يكذبوا، وأن يغسلوا أيديهم من كلِّ ما حدث، أن يواصلوا اللّعب بالكلمات المراوغة إيّاها التي

طاردوني طويلًا ليحشوا بها فمي.

أنا لم آتِ إليك لهذا السبب.

ليلة كاملة.. أنتظر بزوغ الشمس ولو لمرة واحدة في حياتي، لكن العتمة هي التي حَلَكَتْ أكثر، وأنا أبحث في حبرك، فلا أجد شيئًا سوى البياض، بياض الكفن وصقيعه. ألم تدرك أنني لم أتوقَّف عن الارتجاف منذ لحظة مولدي؟! تلك التي حدثَ فيها كلّ شيء دفعة واحدة؟

وقَفَتْ.

دارتْ في المكتب كنمرة تائهة في قفص. دارت حوله دون أن ترفع عينيها عنه، وهي تضرب راحة يدها اليسرى بالمخطوط في حركة عصبية متسارعة.

وفجأة هدأتْ

التمعتْ في عينيها فكرةٌ مجنونة، لا يتبعها سوى عمل مجنون.

- معك كبريتة؟

وظل (عبد الرحمن) صامتًا

- سأحرق كل هذا الكذب الذي يخنق الكلمات.

وعادتْ تدور.

توقّفتْ.

- ها هيَ تهدأ. قال في نفسه.

لكنها خَطَتْ باتجاه النافذة. أشرعتْها. اندفع غبار أسود مشبّع باللهيب.

قال: إياك أن تفعليها.

لكنها، وفي أقلِّ من لحظة نثرتْها.

ركض للنافذة، حدَّقَ في الهوَّة الشّاحبة التي لم يكن قعرها سوى الشارع. كانت الأوراق مُحلِّقة كما لو أنها مثبّتة بخيوط وهمية، محلّقة في سماء واطئة دخانيّة، محلِّقة في ضجّة العربات، محلِّقة في أصوات البشر المتقاطعة. محلِّقة إلى تلك الدَّرجة التي اعتقد معها أنها لن تلامس الأرض أبدًا. هناك. في ظلِّ تلك العمارة الهرمة ذات الطوابق الثلاثة..

***

- لو لم أَقذف بتلك الأوراق لمتُّ تحتَها.

***

في عتمة الدَّرج، متقافزًا وجد نفسه، باتجاه الرصيف. ولكن دون جدوى.

اندفعَ الناس باتّجاه الأوراق يلتقطونها، بعضهم كان يتقافز في الهواء للامساك بها قبل وصولها إلى الأرض، بعضهم يقرأ ما فيها ويدسُّها في جيبه. وبعضهم يطويها بأناقة ويمضي، حتى قبل أن يرى ما فيها.

143 ورقة، اختفت تمامًا، سوى واحدة فقط، راحتْ تتأرجح فوق رأس شرطي مرور يمدُّ لها يده؛ لا بدَّ أنه أحسَّ بخطورة الأمر، فهرول إلى أسفل النافذة حيث فوضى البياض وتزاحم الأجساد ومحاولات الوصول إلى أعلى نقطة ممكنة لجَمْع أكبر عدد من الأوراق.

أمسكها الشرطي.

على بعد أمتار منه، وقف (عبد الرحمن).

حدّق الشّرطي فيها، حتى ظنَّ (عبد الرحمن) أنه لن يتركها أبدًا. لأنها قد تكون واحدة من أكثر الأوراق حساسيّة، لكنّه اطمأن حين تذكَّر أنه كان يقظًا بما يكفي عندما كَتَبَ!

فجأة، راح شرطيّ المرور يهزّ رأسه، مُطوِّحًا بالورقة بعيدًا.

اندفع عبد الرحمن نحوها، وكذلك خمسة أو ستة رجال. يبدو أنّهم كانوا يراقبون لمعرفة مصير الورقة منذ البداية. وصَلوْها معًا. كانت الأيدي كلّها قد أطبقتْ عليها دفعة واحدة، واقتطعتْ ما استطاعت القبضَ عليه بقسوة لا تحتملها ورقة. وحين تراجعتِ الخطوات، راحتْ أصابعه تسوّي القطعة الصّغيرة الباقية؛ فوقعتْ عيناه على مساحة بيضاء لا أكثر.

2

وجهًا لوجه وجد (عبد الـرحمن) نفـسه أمـام تلـك العينـين الحـزينتين، والوجه الذي كسَّرته المرارات، بعد أيام من ذلك الفصل الغاضب.

صورتها. وفوقَ الصّورة تلك العبارة المعروفة (خَرَجَتْ ولم تَعُدْ).

تناول الصَّحيفة الثانية.. الثالثة.. الرابعة.

كان الوجه يُواصل إطلالته، والعبارة تواصلُ حفْر الورق بسواد حبرها.

ولم يسأل نفسه: ما الذي فعلتُه بسلوى؟

كان يسأل: ما الذي يمكن أن تفعلَه بي؟!

امتدّتْ يده إلى دُرْج مكتبه، تحسستْ برعب ستّة أشرطة تـسجيل، فيهـا الحكاية من بداياتها. ولكن، ليس إلى نهاياتها.

وهذا ما عذَّبَهُ.

لم يكن يظنّ الأمر أكثر من حُجَّة للالتقاء به، حين اتّصلتْ، حتـى وهـي تطلب منه أن يُحضر مُسجِّلا وأكبر عدد ممكن من الأشرطـة - هـو الكاتـب المعروف بما فيه الكفاية لكي تتصلَ به أكثر من واحدة - وحـين اختـلى بهـا، فَرِح أنه لم يُضِعْ وقتًا في التردُّد فيما إذا كان سيلقاها أم لا.

- كأنَّ كلّ شيء قد حدثَ دفعة واحدة، وإلّا، فلماذا أعيشه كلّه في لحظـة واحدة؟ قالتْ.

وأعطاه ارتباكها وضعفها الواضحان فسْحة من الأمل، قد ينفذ منها.

- علينا أن نُتِمَّ كلَّ شيء اليوم، عليَّ أن أقول كلّ شيء، وإلاّ لن أقول. لا أستطيع توزيع نفسي على دفعتين أو ثلاث من الزمن. أنا الآن كلّي هنا، ولا أريدُ الخروج تاركةً نصفيَ في هذا المكان، بعض الأشياء تُولد كاملة، وأيّ تدخُّل فيها هو تقطيع لأوصالها ليس إلّا.

وافقها منذ البداية.

لا، سايرها، كان عليه أن يعمل بهذا الشَّرط حتى النهاية. لكنه بعد ساعة أو أكثر بدا غير مرتاح؛ حاول أن يتناسى قَلْبَ الشَّريط، أو وضْع سواه حين ينتهي....

***

أمامه اصطفَّت الأشرطة الستّة. كما لو أنها تنتظر مصيرها.

وللحظة أحسَّ بتيار من السّعادة يسري في جسده.

- إلى أين يمكن أن تذهبَ، وهي محبوسةٌ هنا؟!!

كان على يقين من أنها لن تتكلَّم من جديد.

ولكن.

ماذا لو تكلَّمَتْ؟

***

- كلُّ من حوليَ قال كذْبته، لكنّه احتضنَ كذب الجميع!

لم تتوقّف سلوى عن زيارته كلَّ ليلة.

-كنتُ أعرف أنني قادرة على الاندساس في حُلمه كما أريد. شهورا طويلة، كنتُ على يقين من أنني قادرة على جَمْعِ أوراقه من بين أيدي الناس، ومن زوايا بيوتهم، من سلال نفاياتهم، من أيدي صغارهم. لأُعيد ترتيبها، كذبة فوق كذبة. كي أرشقَهُ بها وأهزَّ نومه، وأُعيد ترتيبها من جديد في ليلة ثانية وأرشقه بها.

كنتُ أعرف أنني قادرة على انتظاره في مرآته كلَّ صباح، في حبره، في ارتجاف يده أمام الورقة البيضاء، في صُورِهِ المُطِلَّة من صفحات الجرائد، في

كلامه وفي صمته.

لقد قُتِلتُ عشرات المرّات، ولم تُشبه ميتَــةٌ أختَهـا. إلى أن جـاء ليقتلنـي تمامًا. يقتل إمكانية السّماح بحياة جديدة لي أو ميتة جديدة.

-لقد جُنَّتْ.

تلك هي العبارة التي كانت تُطل من بين الكلمات: كلماتهـم. مـن بـين صمت العيون: عيونهم. وذلك الانطفاء الـذي يغـزو وجـوههم. ثـم تلـك الابتسامة المميتة الموؤدة التي تتسلّل هناك، على أطراف شفاههم.

-لقد جُنَّتْ.

-إلى متى سيظلّ يأتي، (حضرته) إلى متى سيظلّ يفعل ما يفعله؟!

-آه!! وماذا يَفعل؟

- أنتم تعرفون، فلماذا تطلبون مني أن أقول لكم؟! وأبكي.

***

صمتتْ.

- لا، لا تُوقف التسجيل!

أدهشه أنها لم تزل حاضرة رغم هذا الشُّرود.

- التقيتُه حين جاء يُعزِّي باستشهاد أيمن. أنـتَ تعـرف حـسَّ الأنثـى، حسّها الذي لا يُمكن أن يخيب، بما يُضمره رجل نحوها.

أحسَّ بأن الكلام موجَّهٌ إليه. أسند ظهره إلى الكرسي، كما لو أنه يبتعد.

- ولم أكن مُغفلة أو ساذجة. كنتُ حبيبة أيمـن، خطيبتـه. كـان عرسـنا قادمًا بالتأكيد، ولم يكن يهمُّنا أن نحدِّد موعدًا له.

جاءَ (حضرته).. وقبل أن يخرجَ سأل: هـل باسـتطاعتي تعزيـة زوجتـه وأولاده؟!

قالوا: له أمّ، وله خطيبة!

وحين وقفَ وقال: هل بإمكاني الذهاب إليهما وتعزيتهما؟

قالوا: لا تُتعبْ نفسك.. نأتيكَ بهما!

وهبَّ أكثر من واحد نحو الغرفة التي تكدَّستْ فيها جموع النساء.

رفضت السِّت زينب مرافقتَهم.. واقتادوني إليه بصمت.

حدّق بي، وبكلمات واثقةٍ يُتقنُها، أعرف أنه يتقنها قال : فقدانه خسارةٌ حقيقية للجميع!

وطلبَ منّي أن أتماسك، وأتجاوز الفاجعة، وهو يشدُّ على يدي بيد، ويربِّتُ بالأخرى على كتفي، بتلك الحركات المألوفة في مثل هذه المناسبات؛ لكنني رأيتُ في عينيه شيئًا آخر، شيئًا اخترق صدري وشقَّ أمعائي بضربة واحدة.

قل لي:كيف يمكن لرجل أن يُفكِّر على هذا النحو؟ أقصد في موقف حالِكٍ كهذا؟

لم يَجِدْ عبد الرحمن إجابةً.. ولم تكن تنتظرها.

- ألا يكفيهم أنهم سبب الفاجعة، ليفكِّروا بالنّوم معها أيضًا؟!

كنتُ قد أصبحتُ جميلة كما قلتُ لك. لم تكن عيناي قد ذبلتا بعد، لأنني رأيته.. أيمن!! منذ يومين فقط، وكانت يداي خضراوين ويانعتين كشجرة زيتون مغسولة بمطر، لأن آثار أصابعه لم تزل فيهما حين شددتُ على يده آخر مرّة، ولم تزل روحي تحسُّ به واقفًا إلى جانبي، لذا كانت قامتي طويلة.

أشار إلى حُرّاسه الواقفين قرب الباب، تقدَّمَ أحدُهم.

- الأخت!! ستراجعك بعد أيام. وستصرفون لها أعلى راتب مخصص لأرملة شهيد!

- حاضر سيدي.

وتراجعَ خطوتين..

لكنني لم أُراجِع ، ولم أكن أريدُ أن أقبض ثمن دمه، دمه الموزَّع على أكثر من يد.

في اليوم التالي، أطلَّت الصّحفُ حاملةً خبرَ زيارته.. وكنتُ في الصورة

إلى جانبه.

الآن، أستعيدُ تفاصيل الصّورة وأقول: أكان عليكِ أن تكوني طويلة يا سلوى، ومنتصبةً، لتؤكدي أنكِ عالية بما يليق بحبيبة شهيد، أو بخطيبته، أو بأرملته؟!!

***

لكنه اختار أن يُصدِّقَ أبي، الذي هو في الحقيقة عمّي!

عمّي الذي أدارتْ رأسه كلماتُ (حضرته):

- أبا أكرم، أنتَ في البال، وجهودك معروفة تمامًا بالنسبة لنا، وعليك أن تعرف أننا ندَّخرُكَ لأوقاتنا الصّعبة.

عمّي الذي لم يُصدِّق أذنيه، عمّي الذي أوشك أن يُحيلَ العزاء إلى عرس من شدة المفاجأة. عمّي الذي قال لي: لا تُضيِّعي فرصة الحصول على مبلغ كبير كهذا!

ويجيءُ مسؤول التّنظيم.. يقول الكلامَ نفسه. ويذهب أكثر من ذلك فيحتضنني. لكن عمّي سيكون أكثر حذرًا معه، بعد أن سمع من (حضرته) ما سمع.

***

وللحظة أحسَّ عبد الرحمن بارتباك، ماذا لو كان صوتها مسموعًا في الخارج.

***

- هكذا تعاملوا معي منذ البداية، إلى أن قرّرتُ البحث عمَّن يصدقني، من الصّعب أن تعيش حياتك كلَّها، وأنت تبحث عن واحد يصدِّقك، ثم لا تجده. أعرف أنه لو كان هنا لصدَّقني، لو كان هنا لما حدثَ ذلك كلّه. لكنّهم قتلوه. السّت زينب صدَّقتني. لكنهم قالوا لي: صَدَّقَتْكِ لأنها مجنونةٌ مثلكِ. انظري إليها، إلى ما تفعل، أهذه أعمال إنسان عاقل؟!!

- خميس صدَّقني. صرختُ في وجوههم.

- صدَّقكِ لأنه سكير، عِرْبيد، لأنه يبحث عن رأسه كلّ يوم أربعًا وعشرين ساعة ولا يجده. كان يجب أن يكونَ له رأس أولًا، حتى يصدّقكِ.

وقلتُ: ربما لم يصدِّقني، ولكنني أعرف تمامًا أنه كان يفهمني كما فهمته حين صرخ ذات مرة:

- لا تُفَتِّحي جراحي يا سلوى. أنتِ الآن مثل أختي الصغيرة وأكثر، وسأقولُ لكِ كلامًا لا يليق أن تسمعه فتاة، أختًا كانت أم غير أخت. يا سلوى حياتنا استمناء في استمناء. لا يوجد شيء واحد حقيقي، حتى نحن.. أنظري إلينا!!

***

صمتتْ طويلًا، حتى فكَّر (عبد الرحمن) بإيقاف شريط التسجيل. حدثَ هذا أكثر من مرّة. وضعتْ رأسَها بين يديها وراحتْ تعتصره. اتّسعتْ عيناها، راحتا تسْبحان في فراغ لا نهاية له. طال الأمر. وقبل أن تصل يده إلى المسجِّل، سمعها تقولُ برجاء:

- دعه.. ثمة صَمْتٌ لا بدَّ لك من أن تسمعه، صمتٌ هنا فيَّ كالكلمات. صمت يحتلُّ مساحة كبيرة من هذا الجسد، صمتٌ لا بُدَّ أن تُحسّه لتعرِف تمامًا معنى الكلمات المجروحة الخارجة من ظلماته.. أتسمعه؟!

***

لو سألها أحد: كيف استطعتِ الوصولَ إلى هذا المكتب، فإنها لن تملك إجابة قاطعة، لن تملكَ طُرُقًا واضحةً تستطيع القول إنها سلكتها، أو دَرَجًا مُظلمًا استطاعتْ أن تتلمّس جدرانه في طريقها إلى باب لن ترتجف يدها وهي تطرقه.

كلّ ما حدثَ، حدثَ، كما لو أنها جاءت هنا آلاف المرات. ولم تكن المدينة غريبة عليها. لكن إحساسًا ما كان يعبرها، خاطفًا، وهي ترى إلى اندفاعات البشر فوق رصيفين ضيِّقين، محتشدين بالباعة: كأن كلَّ واحد من هؤلاء يعرف طريقه، سواي!

***

- كنتُ أستطيع سماع صوت محرِّك سيارته وتمييزه من بين أصوات مُحرِّكات تلك السيارات حوله.. سيارات حرّاسه التي تحفُّ به. أسمعه لحظةَ انطلاقه من أمام عتبة بيته؛ أتابعها في الشوارع المضاءة.. الشوارع المعتمة.. في دورانها حول المدينة، في دخولها وخروجها، ودخولها وخروجها ساحات ضيّقة.. واسعة.. وميادين.

لو سألوني لقلتُ لهم: إنه الآن في "شارع التحرير".

ولم يسألوني. وقلتُ لهم.

إنه الآن في "شارع المجد"، "شارع النصر"، "شارع الحرية"، إنه يجتاز الشّارات الضوئية في "شارع الشعب"، إنه ينعطف.. إنه يصعدُ.. يصل زاوية المخيم، وأبكي.

كان عليكِ يا سلوى أن تمتلكي حاسّة السّمع هذه قبل هذا اليوم بكثير، لربما كان بإمكانك عندها أن تسمعي انفجار الرّصاصة، وأن تصرخي صرختكِ

- الرصاصة يا أيمن!

وتصمتُ..

- صحيح أن ميلادها تأخّر، لكنها ولِدَتْ من أجله.

- ما، مَن هي؟!

- الأغنية.

وبنصف لحن الأغنية تتمتم:

(سأحدِّثكم عن أيمن

عن فَرح الغابات الفاتن في عينيه

وعن سحر يديه

إذا فرَّتْ أنهار الأرض وخبّأها بين أصابعه

سأحدِّثكم عن أيمن

عن قمر تشتبكُ الأشجارُ على دمه المنسيّ
فيسقط في النسيان
عن طفل يركض خلفَ فراشته، وعن الخِنجر في أقصى الوديان)[1]

- سلوى.. سلوى.

يهزُّها (عبد الرحمن).

تمسح الذّهول عن وجهها بيدين ضائعتين، تنفض رأسها، كما لو أنها تحاول استعادة عينيها من كتلة ضوء ساطعة؛ وتوشكُ أن تسألَ أين أنا؟!

***

أدرك عبد الرحمن أنه أَوقع نفسه في ورطة، كان يمكن أن يكون بعيدًا عنها، ولم يكن شروده الواضح بين لحظة وأخرى، إلاّ محاولة بحث عن طريقة للخروج من هذا المأزق.

- أنتَ معي؟

- معكِ يا سلوى!

لكنه غدا أكثر قلقًا.

- تعبتِ. ذلك واضح..

نهضَ.. اقتربَ منها.. ربَّتَ على كتفها. فاجأه هذا القَدْرُ الهائل من الحرارة الذي ينبعثُ من جسدها.

قالت : إنني احترق.

وحدَّقَتْ فيه..

لم تكن هنا في الغرفة..

ولكنه ظنَّ أنها هنا في الغرفة..

سَحَبَ يده.. وظلَّتْ حرارةُ جسمها فيه.

---

[1] - أغنية لمارسيل خليفة من شعر شوقي بزيع.

- لكن الرصاصةَ انطلقت.. ولم تسمعيها؛ كنتِ مشغولة بفرحكِ به، بسلوى السّمراء النَّحيفة، الطويلة دون هدف، قبل أن تُحِبَّ وأن تُحب.

وتحدِّق فيه..

كأنه مرآتها، وهي توبخ ذاتها. يندفع إصبعها إليه بحركة الاتهام، تلك المعروفة، يخاف، إلى أن يكتشف أن إصبعها يشير عبره إلى مكان بعيد.

- الله لو رأيتَ دهشتهم حين اكتشفوا أنني أصبحتُ طويلةً إلى هذا الحد. الله، لو رأيتَ عيونهم وهي تتابعني بحسد. وكيف ترمقني بناتُ الحارة بتلك النَّظرات.

كنتُ أقول لهن : لتبحثَ كل واحدة منكنَّ لها عن حبيب. وهل تُعاني الحارةُ من قلَّة الشّباب؟! وحين أراه أقول: آه.. والله إنها تعاني ونُص. وتبتسم. بس شو بدِّي أقول؟!!

***

يعرف عبد الرحمن بخبرته، أن الاقتراب منها صعب، ما دامتْ وصلتْ إلى هذه النقطة. ثمّة فرصة أخرى ستجيء. وأدهشه أنه لم يعُدْ راغبًا في ذهابها.

لكن ارتباكه عاد إليه ثانية..

- وأتوا إليَّ بعد أن استشهد. قالوا: تعالي واقرأي كلمةَ أمهات الشهداء. ولم أكن أم شهيد، ولا أخت شهيد، ولا زوجة شهيد، كنت حبيبة شهيد.. ويمكن خطيبته!!

- أنتِ الفهمانة. قالوا.

- الست زينب.. لماذا لا تقرأ السّت زينب.. هي الأَوْلى. قلت.

- اتركيها بحالها. الله يساعدها. أنتِ تستطيعين أن تتحدّثي عمّا في قلوبنا. دائمًا كنتِ الأشطر.

وافقتُ.

ولكنني حين وصلتُ ساحة المدْرسة، لا، قبلَ أن أصِلَها بكثير، سمعتُ

أصواتَ الناس، خلية نحل. لا، أكثر بكثير؛ وحين التفتُّ ورأيتُ "مقهى مشمش" مُغلقًا، "مكتبة فلسطين" مغلقة، "محمص هاشم" مغلقًا، "صيدلية يارد"، حتى الصيدلية مُغلقة؛ عرفتُ أن المخيم كلّه هناك. استدرتُ هاربة، تبعتني واحدةٌ من بنات الجيران: على وين يا سلوى؟!

- لا.. لن أستطيعَ إلقاء كلمة أمام هؤلاء الناس كلّهم. لا لن أستطيع.

- تستطيعين ونص. ليس هناك من هي أكثر جرأة منك، وأكثر قدرةً على الكتابة.

قلتُ: الكتابة آه، بس الحكي ما أنتِ عارفة!!

لكنّها جرَّتني من يدي، وظلتْ قابضةً عليها حتى عبرتْ بي بوابة ساحة المدْرسة؛ وعندها وقع قلبي من الخوف.

***

هذه ليست المرَّة الأولى.

حدثَ ذلك قبل زمن طويل، كانت معلِّمة اللغة العربية، المعلِّمة التي أحبّها أكثر من كل المعلمات، مربِّية الصف، الست زينب؛ كانت قد طلبتْ مني أن أكتب مسرحية لتمثِّلها الطالبات، بعد أن أُعْجِبَتْ لسنتين متتاليتين بكتابتي لمواضيع الإنشاء.

- ستصبحين كاتبة قصة ممتازة يا سلوى. صدِّقيني.

وكنتُ سأصدِّقها حتى لو لم تطلب مني أن أُصدِّقَها.

في ذلك اليوم، قالت لي: ستكتبين مسرحية.

خفتُ..

سألتها: وكيف تُكتبُ المسرحية؟

ولم أكن قد شاهدتُ أو قرأتُ مسرحيةً في حياتي.

- ستكتبينها لأنني أعرف أنك ستكتبينها، وأنتِ قادرة على ذلك.

ووعدتني بأن تُحضِرَ مسرحية أقرأها، لأعرفَ المسرح، وأكتبَ مثلها.

في اليوم التالي جاءتني بمسرحية -لم تزل لديَّ حتى اليوم- اسمها

(رومولوس العظيم)[2]، قرأتها، لم أفهم منها الكثير، لكنني عرفتُ كيف يمكن أن تُكتب المسرحية! فكتبتها. وحين قَرَأَتْها السّت زينب طارتْ فرحًا..

- ستكونين كاتبة مسرحية ممتازة يا سلوى!

فسألتها: ألم تقولي بأنني سأكونُ كاتبة قصة؟!

-نعم -أجابتني مؤكِّدة- وكاتبة مسرح كمان!

ولم أكن : أعرف كيف يمكن أن أكون كاتبة قصة وكاتبة مسرح في الوقت نفسه.

المهم.. الحكاية ليستْ هنا. قالت له.

***

اخضرَّتْ ملامحُ سلوى، ابتسمتْ، رقَّتْ إلى تلك الدرجة التي يمكن معها وبها أن تطير.. وتحوّلتْ فجأة إلى طفلة.

تمنّى عبد الرحمن.. أن يقترب منها، أن يلمسها ثانية؛ يُسحره هذا التبدُّل في ملامحها، بين الحزن والفرح، بين المرأة والطفلة. كان بإمكانه أن يبتسم معها وأن يضحك أيضًا، لكنه المشدود إلى ملامحها بقوة أحسَّ بشهوته تتقد أكثر والحزن يغمر وجهها. وللحظة تمنّى أن تكون في ثوب أسود.

***

- عليك أن تُمثِّلي في المسرحية يا سلوى.

- أنا؟!

- نعم.. أنتِ!

الست زينب تطلبُ ذلك مني، الست زينب التي كانت تقول لي دائمًا: لماذا أنتِ خجولة إلى هذا الحد؟!

---

[2] - صدرت هذه المسرحية في أوائل الستينات ضمن سلسلة مسرحيات عالمية ـ ترجمة أنيس منصور، وتتحدّث عن إمبراطور يُصفّي إمبراطوريته ويجرِّدها من سلاحها وجيشها ومن مجدها وتاريخها وينصرف عن ذلك إلى تربية الدواجن!

- لا أستطيع، قلتُها بتصميم أدهشني.

- بل تستطيعين.

انهار تصميمي. بكيتُ.

- لا عليكِ سأعطيك دوْرًا صغيرًا.

- ما دمتِ تريدين ذلك!!. قلتُ لها.

***

وكان يريدها فعلًا..

***

معتمة وموحشة كانت خشبة المسرح، وكذلك القاعة، القاعة الوحيدة التي كانت المدارس تُقدِّم عليها نشاطاتها.

الأمهات كنّ هناك، الأُمهات كلّهن. إلا أُمي. ينتظرنَ، ويقطعنَ انتظارهن بكل الأحاديث التي يمكن، أو لا يمكن أن تخطر ببال. جارات ينتهزن فرصة اللقاء، بنات (بلد) واحد لا يجتمعن إلا نادرًا، وبين أيديهن يتفلّتُ عشراتُ الأطفال.

وبدأت المسرحية.

مسرحيتي

وحين جاء دوْري لأن أتكلَّم، لأن أقول، نسيتُ كلَّ شيء؛ تخشَّبتُ كالصَّنم. الطالبات تجاوزنَ المشكلة، واصلنَ المسرحية، رغم أنني لم أُجب على سؤال واحد، أو أحاورهنَّ كما يجب عليَّ أن أفعل ليستمر العرض. كل الحكي طار، مرّة واحدة، أتُصدِّق؟! وحين انتهت المسرحيةُ صفقت الأمهات والمُدرِّسات طويلًا، وبعضهن كان يبكي تأثُّرًا، ويُصفِّقن.

وبقيتُ صامتةً...

صمتي لا يستحق هذا التصفيق. فهمتُ ذلك. حتى لو كنتُ أنا كاتبة المسرحية. أتفهم؟ لذلك ربما، استعدتُ ذاكرتي فجأة، وبدأتُ بإلقاء دوري كاملًا، كلمةً كلمةً، دون أن أنسى. كل جُمَلي التي كان عليَّ أن أقولها، قلتُها

دفعةً واحدة، وليس بينها أي رابط غير المسرحية ذاتها.

وحين انتهيتُ، صفَّقنَ لي.

تقدَّمتِ السِّت زينب مني، أمسكتْ بيدي، ضغطتْ عليها بحنان، فَرِحَةً كانت، وكنتُ ضائعة، وحزينة، لكنني في النهاية ضحكتُ حين قالت إحدى الأمهات للست زينب:

- المسرحية حلوة.. بس ما كنا بنعرف إنّه بناتنا بمثِّلِنْ مع الشّباب والرْجال.

ولم يكن في المسرحية أيّ رجال، سوى أولئك الطالبات اللواتي ألبستهنَّ السّت زينب (الحطَّات والعُقُل) ووضعتْ لهن شوارب من فرْوة خروف أسود.

أتعرف..

حاولتُ بعدها كثيرًا ألاّ أقولَ الأشياء كلَّها دفعة واحدة.. لكن ذلك لم ينفع..

فاهمني؟

***

زوجة عبد الرحمن فهمته

فهمته تمامًا

فحملتْ ابنها ورحلتْ.

وحين جاء أصدقاؤه لإقناعها بالعودة، قالت:

- أنتم أصدقاؤه أجل. ولكنني امرأته. صحيح أن الزَّوجة آخرَ من يعْلَم، ولكنها دائمًا أوّل من يُحسّ!

***

ستفهم زوجته أخيرًا أن القصص لا تُغير العالم. لكن المشكلة ليست هنا، هو يعرف ذلك، يعرف أنها أعمق بكثير.

- أن تفقد إيمانك بشيء في لحظة ما، فهذا شيء طبيعي، يحدث، لكن

المشكلة في أن تَرجم أولئك الذين لم يزالوا، بعد، يؤمنون به. المشكلة أن تبدأ بالتهامهم. بالتهامي، بالتهام قلب صغيرك الذي لم أعُدْ قادرة على زرع أيّ إيمان فيه وأنت جالس تنظر إلينا. إنك تلتهم ألسِنتنا وكلامنا. قالت زوجته. وبعد صمت طال أضافت: أعرف أنك لن تتغيّر، لأنك تغيّرت بما فيه الكفاية!

وصمتتْ، وبعد زمن طويل قالت:

- لا أستطيع أن أعِدَك إلا بشيء واحد. ليس من أجلك، بل من أجلي. حتى لا يُقال كم كانت غبيّة: أستطيع أن أصمت. قالت له.

ولم يكن عبد الرحمن يريد أكثر من هذا.

لقد حفرت فيه السنوات الأخيرة أكثر من هوَّة، وقبل أن يقول له أحد إن كتابتك في تراجع مستمر، أدرك ذلك، ثمة شيء مفقود فيما يكتبه، ثمة لا شيء! وها هو العالم يجري، تاركا الكُتّاب والكتابة والأحلام الكبيرة خلفه كمخلفات كائنات انقرضت. هل داهمه هذا الحسُّ أول مرّة عند اجتياح بيروت؟ ربما. ها هو يفكر ولا يستطيع الوصول إلى قرار.

***

- ثمة رائحة خطر. همس لنفسه. لكنَّ ما تقوله أقرب إلى الهذيان.

وأحسّ بأنه بالغ كثيرًا، حين فكَّر بأن صوتها قد يكون مسموعًا في الممرّ.

- أنا نفسي لم أفهم الكثير حتى الآن!

ولكن هل كان مُنصتًا لكلامها كله. هذا ما أربكه. لم يجدْ إجابة. وتذكَّر: ثمة فرصة لأن أسمَعَها وحدي ثانية عبر آلة التسجيل، أما الآن..

***

في بداية اللقاء قالت له: إذا لم تصدِّقني بعد خمس دقائق من بدء كلامي، فإن عليك أن توقف كل شيء، وعليَّ أن أختفي تمامًا.

- ربما كان عليّ أن أفعلَ ذلك. قال عبد الرحمن لنفسه.

لكنه لم يفعل.

ولكن، ماذا لو كان الأمر كلّه فخًّا منصوبًا؟

أربكه هذا الإحساس أكثر.

رفع سماعة الهاتف: آلو..

جاءه الصوتُ من الطرف الآخر: أهلًا..

- هناك شيء غريب حدث معي اليوم. فتاة اسمها سلوى جاءت بحكايات عجيبة، تريد أن أكتبها. كنت حاولتُ أن أتّصل منذ البداية لكن...

وأُقْفِلَ الخطُّ على الطرف الآخر.

***

- لقد تزوجتما بعد علاقة حب، عشناها معكما كلُّنا. هل نسيتِ؟ قالوا لزوجة عبد الرحمن.

- نسيتُ؟ لا لم أَنْسَ. ولكنه خدعكم مثلما خدعني. خدعنا كلَّنا.

إحساسهم بأنها تبالغ بسبب غضبها الذي لم يهدأ، جعلهم يفهمون عبارتها على نحو آخر.

- تعرفين أنه من أنقى الناس الذين ...

- أنتم لم تفهموني بعد. تحت كل الظروف، لن أعود إليه. قالت.

خرجوا، وقد بدأوا يعتقدون أنه على حقّ.

وقال أحدهم: ستهدأ آخر الأمر.

***

- من هو عمّي هذا الذي يمكن أن يكون شاهدًا؟

على هذه الصّرخة استيقظ..

- من هو عمي؟!

كان صوتها يملأ المكان، ويضيء العتمة، خاطفًا كالبرق، كما لو أنه يخترق كل قوانين العالم، ويخرج هكذا، هادرًا وعاريًا.

دار في الغرفة، خرجَ إلى الصالون -معتمًا كان- خرج إلى السّاحة الخارجية، حدّقَ، ولم يكن أحد. ولأيام طويلة ظلَّ يتساءل.

- هل فشلتُ إلى هذا الحد، لتُلقي بأوراقي على ذلك النحو؟

***

- أنا الآن أقلّ طولًا من السّابق بأكثر من عشرين سنتمترًا. قالت سلوى.

وصرخت: كأنني في طريقي إلى التّلاشي. أتفهم؟!

***

ولم يهدأ حتى وهو يعرف أن الأشرطة لديه، الأشرطة الستّة بما فيها من كلام سمعه، وكلام لم يسمعه. لكنه كان أقلّ جرأة من أن يعود إليها.

هذا الحسّ بالخوف كان يُفرحه أحيانًا.

- هذا يعني أنني لم أُعْطَبْ تمامًا!

ويُفكِّر بزوجته.

***

هو الآن يخشى صوتَها

تنهُّدَها في لحظة ما، دمعة نزفتها، رأسها الذي كان يختفي بين راحتيها باحثًا عن ملجأ، دورانها حوله، صوتها الذي يوشك أن يختفي بفعل غصّة أو موجة صراخ، ابتعادها عنه باتجاه الباب، عودتها وهي تنشب أظافرها في الكميّة الضئيلة من الهواء في تلك الغرفة.

هو يذكر.

لكنه يريد أن ينسى.....

***

- لمرة واحدة، أحسستُ أن لديَّ غرفة خاصة: ذلك القبر. قالت له -ولم يفهمها- لكنني خسرته بصراخي، بفزعي الذي أيقظ الموتى. ولم أسأل نفسي: لماذا تصرخين يا سلوى؟

بهدوء مرّ كلّ شيء. لقد متُّ، متُّ تمامًا، وسأكذبُ عليكَ إذا قلت: إنني أحسستُ بهم وهم يبكونني، وهم ينتزعون ثيابي عني ويحمِّمونني، وهم يطبعون قبلاتهم على خدي، وهم يحملونني في النعش ويسيرون بي إلى المقبرة. لو كنتُ أعرف لفرحتُ، لو كنت أدرك ما يحدث لرفعتُ رأسي فوق طرف النّعش ورجوْتهم: ليكنْ قبري قريبًا من قبر أيمن. وقلت :كيف فاتتني هذه؟

وتنبَّهتُ.. وهم يقرأون الفاتحة، ويهيلون التراب، ورأيتُ العتمة حالكة كما رأيتها في حياتي، فقلت: لعلّي لم أمت!

وكان ذلك.

لم أفزع في البداية..

وقلتُ: ألم تفعلي ذلك كلّه من أجل هذه اللحظة يا سلوى. كلّ تلك الحبوب المنوِّمة، وكلّ ذلك التصميم على أن تغادري عالمهم.

الآن، الآن أقول لكَ: لم أعرف كم ساعة مرت قبل أن أنهزم أمام العتمة، قبل أن أصرخ. هل أكون قد شبعتُ موتًا؟! لا أعرف.

أحسستُ بالتراب يُرفَعُ، البلاطات تُزاح، ورأيتُ العتمة ثانيةً، عتمة الدنيا. وقالَ لي وهو ينفض التراب عن كفني، الحارس، الذي بدا لي عجوزًا كمقبرة.

- كنتُ متأكدا من أنّ أحدهم سيصحو في النهاية، وها أنتِ تفعلينها!

وقال لي: أنتِ لم تعرفي كم خيَّبِ هؤلاء الأموات ظنّي. لقد جرَّحوني في أعزِّ ما أملك: يقيني، يقيني أنَّ أحدهم سينهض. أنتِ الوحيدة التي أثبتت أنّني على حق، وأن الموتى لا يحبّون الموت إلى هذا الحدّ حين لا يصرخون في ظلمات قبورهم.

صرختُ: خميس!

- خميس مين؟! ردَّ باستغراب. ثم سألني: ما اسمكِ؟

ارتبكتُ.

- أنا سلوى.

- لقد ناديتكِ مُنذ أن غادروا ألم تسمعي: انهضي، إنهم يبتعدون، انهضي لقد ابتعدوا، إيّاك أن تكوني ميتة!

مخمورا كان، وحين امتدَّتْ يده بالقارورة نحوي، تناولتها وشربتُ..

قال لي: سلوى إيّاك أن تموتي ثانية!

فقلتُ له: حاضر.

أحسستُ أنني أعرفه منذ زمن طويل.

وقلت: لقد رأيتُ الكثيرين ممن أحبّهم من الموتى. أتعرف، ستُّ ساعات تكفي لأن ترى!

وابتسمتُ

- ها أنتِ فرحانة أخيرًا!

وحين طلبَ مني أن أُحدِّد سببَ فرحي بكيتُ!

قلتُ له: إنها المرّة الأولى التي أحسستُ فيها بأنني أملك غرفةً خاصةً بي، غرفة لا يستطيع اقتحامها أحد. فقال لي: أصبحنا اثنين، أو ثلاثة ربما! ولكن لا عليك.. إذا أُقفِلَتْ أبوابُ الدّنيا في وجهك ثانية، فتذكّري أن باب هذه المقبرة مفتوحٌ لكِ على الدوام!! وهناك شيء يجب ألا تنسيه أبدًا: أول مائة سنة في حياة الإنسان صعبة دائمًا، وبعدها تهون الأمورُ!! وابتسم.

3

حين وصل عبد الرحمن إلى بوابة تلك البناية المعتمة، التي يقبع فيها المكتب، البناية المكسوَّة بدخان عوادم السّيارات والغبار والفوضى، كان أكثر من إحساس يتنازعه.

حاول أن يرسم صورة لسلوى من خلال صوتها، طَوال الطريق، منذ أن تكلَّمتْ، وكان بإمكانه أن يؤكِّد أنها جميلة، حتى قبل أن يراها.

بتثاقل غير مفهوم راح يصعد الدّرج المُعتم. الأجساد تواصل هبوطها وصعودها، وتصطدم به أحيانا:

- عفوا.. لم أركَ.. الممرُّ معتم.. والشمس في الخارج ساطعة.

- آسف.

في منتصف المسافة جَلَس.

- هل أُساعدك بنيّ؟!

انـحنتْ عليه امرأةٌ في الستين.

وصعدتْ مجموعة من العمال، بين أيديهم خزانة ملفات.

كان لا بدَّ له من أن ينهض مدفوعًا بهم، وبما بين أيديهم نحو الطابق الثالث.

كانتْ سلوى قد وصلتْ قبْلَه.

أذهلته تلك الثقة العالية في عينيها، في أصابعها وهي تشدّ على يده.

- خفتُ ألا تأتي، كان عليّ أن أتحمَّل الكثير من أجل هذا اللقاء. قالت له.

وكانت جميلة بذلك الفستان الرّبيعي الأزرق، الموشّى بزهور صغيرة كحلية وحمراء.

- ها قد وصلتَ. قال صديقه صاحب المكتب. وأضاف: لديَّ الكثير من الأعمال. هناك قهوة، وهناك بوتغاز، هناك فناجين وهناك الباب الذي دخلتما منه، بإمكانكما في حالة خروجكما قبل عودتي أن تسحباه من الخارج ليُغلق تلقائيًّا.. الحمّام على اليمين!! كلّه تمام؟!

هزَّ عبد الرحمن رأسه، وتمنّى للحظة ألّا يتركه وحيدًا مع هذه الفتاة الغريبة، عبد الرحمن الذي جاء إلى هذا المكتب مرّات ومرّات في سنوات العزوبية.

ثمة وجوه تألفها من المرّة الأولى، ويمكن أن تُقْسِمَ واثقًا أنها لن تكون عابرة. هكذا كانت سلوى. هذا ما أقلقه.. وهذا ما أراحه أيضًا.

شَعرٌ أسود يصل كتفيها، بشرة قمحيَّة تميل نحو السَّمار قليلا، لكن الملاحظة الأهم أنها كانت امرأة نضرة.. مشمسة، تشعُّ مزيجًا غريبًا من الضوء والذكاء والأُنوثة. ومرت لحظات صمت طويلة، كانت كافية بالنسبة إليه أن يسترجع ذاته ويستجمعها. وسيبحث فيما بعد عن سبب واحد، مبرر واحد لإحساسها بأنها غير جميلة وقصيرة، ولن يجده؛ فمنذ أن رآها، ارتبك على نحو ما، وحين التقطَ أنفاسه، لم يكن يفكِّر في شيء سوى المدخل الذي يُمكن أن يوصله إليها بأقصر الطُّرق.

لكن هدوءًا ما سيطر على ملامحها، فبدتْ وكأنها تسترجع ذاتها المنبعثة منها، المنتشرة في المكان؛ كما لو أنها سمعت صوتًا بعيدًا، فكتمتْ أنفاسها للتأكُّد فيما إذا كان ما سمعتْه حقيقة أم وهمًا.

- أنتَ آخر شخص يمكن أن أذهب إليه. هل أقول إنني يئست؟ ربما. لكن الكتابة، كتابة الحكاية، ونشرها هو الحلّ الوحيد. هناك أناس من

مصلحتهم ألّا يصدّقوا، ليس ذلك فقط، بل إن من مصلحتهم أن يُكَذِّبوا، ويَكْذِبوا: عمّي مثلا، الطبيبة، أستاذ الجامعة الشيخ المتعلِّم الفهمان! لكن هناك أناسًا من مصلحتهم أن يُصدِّقوا.. وأعني..

صمتتْ: صاحبكَ لم يزلْ تحت النافذة.

- كيف عرفتِ؟

- إنه تحت النافذة، هذا كلُّ ما في الأمر.

ترك عبد الرحمن كرسيّه، أشرعَ النافذة، رآه هناك بين البشر.

- مثل هؤلاء الذين تراهم في الشارع الآن...

- ماذا ؟!

- هؤلاء من مصلحتهم أن يُصدِّقوا، ولكنّهم...

كانت تتحدَّث وكأنّه يعرف الحكاية من أوّلها، أو من المفترض أنه يعرفها.

- اجلسْ. قالت.

جلس.

- السِّت زينب صدَّقتني، لكن بعض الأشياء لم تتأكَّد منها إلاّ متأخِّرا.

- تتأكَّد من ماذا؟!!

- حين سكنتُ معها تأكَّدتْ!! هذه خُطى فلان، فلانة، هذا وقْعُ أصابعه على الباب، أصابعها؛ المديرة لم تكن تريد الذهاب إلى بيتها كما قالت، إنها تسير في الاتجاه المعاكس... وهكذا؛ حتى صدَّقتْني. هل تُصدِّقني أنت؟

لم يكن عبد الرحمن يتوقَّع بأي حال من الأحوال أن تنقلب الأدوار؛ وأن تكون فاتحة اللقاء على هذا النحو المشوّش.

- أستطيع أن أستلَّ وقْعَ خطاك من بين ألف شخص. وصمتتْ

- لقد فكرتَ في العودةِ حين جلستَ على الدرجات.

- لكنك لم تسمعي وقْعَ خطاي من قبل، ولم أفكّر في العودة تمامًا.

- كان عليَّ أن أُقامر بهذه. لكنني لم أكن عزلاء من الأدلة: الموعد المحدَّد الذي كان عليكَ أن تأتي فيه مثلًا.

-من علَّمكِ هذا؟

ابتسمتْ بحزن:

- الخوف، ببساطة الخوف هو الذي علّمني ذلك. الإحساس بكونك طريدة أبديّة يحلمُ الصيّادون بأن يصل المُخَدِّر إلى حواسِّها وغرائزها. هل حضرتَ فيلم (غزو ناهشي الجسد)؟

ولم تنتظر إجابة..

- الموت يُفضِّل أن يسكن في الجمال وليس في القبح. في الجمال يمكن أن يربُضَ، ومن الجمال يمكن أن يقفز عليكَ قفزة النَّمر ويسحقَ روحك، حتى، قبل أن تنتبه. أما في القُبح فأنتَ تتجنَّبه، لأنك تتجنَّب القبح ذاته؛ ليست مصادفة أنهم تسللوا للبشر عبر الوردة والعشب، عبر المطر!

- من هم؟

- ناهشو الجسد.. في الفيلم؛ الذين كانوا من الفطنة إلى حدِّ أنّ لحظة إغفاء كانت كافية بالنّسبة لهم، لكي يحتلوا جسدك كاملا ويتجوَّلوا فيه فيما بعد. أفهِمت؟! في القبح راحةُ ألّا يراك أحد، أو يراك للحظة ويهرب بعينيه بعيدًا... السِّت زينب..

- السِّت زينب مين؟

لكنها واصلت: كانت جميلة دائمًا. الجُمال يُغفر له، لكنه في النهاية لا يُغتَفر! ربما تلك سعادتها، أن يراها حبيبها، ربما كان شقاؤها أنه رآها.

وصمتتْ.

- ها أنا أبدأ الحكاية، ولكن ليس من بدايتها. عليك أن تغفر لي ذلك التّقافز بين الأحداث. لكني أؤكد لك: أن ما يحضر، يحضر، لأنّه كان لا بدّ له من أن يحضر، لأنه ببساطة الأكثر تأثيرًا في تلك اللحظة؛ أقصد هذه

اللحظة.

من الصعب أن تُقاوم الغبار في مكان كهذا، لا أقصد شيئًا؛ كل ما في الأمر أن من الصعب مقاومة الغبار في مكان كهذا. قالت.

الطاولة المعدنيّة الرّمادية، كراسي الجلد المجوّفة، علّاقة الملابس التي تُذكّر بأواني الفضّة، الباب الضيق المؤدي للمطبخ والحمّام معًا، ولوحة (جَمَل المحامِل) المُلْصَقة مباشرة على الجدار المواجه للمكتب، والنافذة الوحيدة التي تُطلُّ بيأس على حُمّى الشارع، كلُّها عبرتْ جمجمة سلوى خطفًا، فأحستْ أنها تتذكّر مكانا لم تزره من أمد بعيد.

– زوج الست زينب أقصد حبيبها رآها في بلدها قبل أن يقطع الحدود متوجِّها إليها من فلسطين. أمّا عمّي فلم يكن يريد أن يرى شيئًا. كنت أتمنى أن يفتح عينيه، لكنّه بدل ذلك، كان يغمضهما وأنا أصرخ: أمامكم فرصة لأن تقولوا، ولو لمرّة واحدة، هذه ابنتنا، أختنا! إنني أسمع وقْعَ خطاه، إنه يصل العربة، إنهم يفتحون له بابها، إنه يجلس، إنهم يديرون المحركات، إنهم يتحرّكون، ينحدرون صوب الشارع، يختلطون بالعربات، بخطى الناس، بأغنيات محلات بيع الأشرطة

(شوف.. شوف، شوف القسوة بتعمل إيه!)

(يا سيدي أمرك أمرك يا سيدي..)

(ومعًا أقسمنا آن نبقى يا وطني أبدًا أحبابا)

وصمتتْ.

– بدل التسجيل، لماذا لا أستمع إليك وأكتب بعدها من الذاكرة؟

– لم يعد ثمة من يسمع بصورة كاملة، لم يعد ثمة من يتكلَّم بصورة كاملة أيضًا، أو يتذكّر بصورة كاملة. اعذرني.

أخرج المسجِّل الصغير من مغلف ترابي . وضعه بينهما على الطاولة.

– لنبدأ من البداية أذن.

– لقد بدأنا! قالت له.

4

- إذا كانت مصرَّة على الإدلاء بشهادتها، فمن هو أفضل منكَ ليكتب هذه الشهادة. اكتبْها. دعها تبوح بما لديها، من المهم أنها جاءت إليكَ، ولم تذهب لسواك!

***

ولكن أكان لا بدّ من أن تقرأ سلوى الرواية، رواية حياتها؟

سأل عبد الرحمن نفسه.

يعرف الإجابة جيدًا. لكنها كانت فرصته للقاء بها مرّة أخرى، مرّتين؛ هكذا طلبَ منها أن تأتي وتقرأ ما كتَبَهُ، فجاءت، وإذا به يصف فيما لا يزيد على ثلاث صفحات، تفاصيل لقائه بها.

- لقد قلتُ لك كلّ شيء دفعة واحدة، وأريد أن أقرأه دفعة واحدة؛ لا أحتمل أن أتحوَّل إلى مسلسل طويل أترقَّبه، وأنا أعرف أن بداياته فيَّ ونهاياته فيّ.

وخرجتْ.

ولم يجرؤ على رفْع سمّاعة الهاتف، ليتحدَّث معها بعد ذلك.

***

- حكاية كالخيال، حكايتي مع أيمن - قالت سلوى- لكنني أنا التي نسجتها، ليس بأوهامي، نسجتُها بيدي، لا تُحدِّق بي هكذا، سئمتُ هذه النّظرة؛ كلما قلتُ شيئًا ما، لا يستطيع أحد أن يصدِّقه وهو يستخدم أذنيه

فقط للاستماع إليّ، جحظت العيونُ على هـذا النـحو، ولكـن، مـا الـذي لا يُصدَّق هذه الأيام، وقد حدث ما حدث أمام أعيننا وكأننا شهود الكـوابيس التي هي ليست سوى هذا الواقع الذي تجترُّ الرُّوحُ مراراتُه ؟!!

- أين كنا؟ سألتْه، كما لو أنها كانت في كوكب آخر.

- أيمن.. كنت تتحدَّثين عن...

قاطعتْهُ.

- آه.. أيمن.. من الأَولْ كنت بحبه! كل بنات الحارة كـنَّ متيـمات بـه، لكنني لم أكن أجرؤ على النظر إليه، حتى وأنا الوحيـدة التـي كانـت تـدخل بيتهم. من ذلك المجنون الذي يمكن أن ينظـر إلى سـلوى ويحبّهـا، مـن أول نظرة، أو آخر نظرة؟ لكنني في لحظة غريبـة، لا أدركهـا الآن، ولـن أدركهـا أبدا، امتلكتُ، بكامل روحي، حقيقـةَ أنـه سـيحبني. كـان قـد تطـوَّعَ مـع الفدائيين وغاب طويلا، وكنت تطوَّعتُ مع اللجان النسائية أيضًا؛ وفي ذلك الخريف، الذي لم يكن كأيّ خريـف، عـام 1968، أحسـسنا بـأن علينـا أن نفعل شيئًا ما، مهمًّا، نـحن النساء، وفكَّرنا طويلًا إلى أن بزغتْ تلك الفكرة: مشروع أسميناه (كَنْزَة الفدائي). بدأنا بسرعة وقد أحسسنا بالخريف يجتاح أوراق الدوالي المصفرَّة على حواف نوافـذنا، يجتـاح أسـوار بيوتنـا الواطئـة، يجتاح قمصاننا الخفيفة.. وقمصانهم هنالـك في الجبـال، ويـتركهم عـصافير مرتجفة في العراء.

سريعًا بدأ العمل. نأكل وننسج، نطبخ وننـسج، وبـين حـصَّة وأخـرى تفتحُ البناتُ حقائبهنّ، وننسج، وفي الفرصـة نـنسج، في الطريـق إلى البيـت ننسج، في قاع الدّار، في الحَمَّام، ونـحن نسمع الأخبار، ننسج.

لكنني لم أكن أنسج مثلهنَّ، لأنني كنتُ أنـسج كَنْـزة حبيبـي، أتفهـم؟ كنت أعرف أن ما أنجزناه سيُجْمَعُ ويوزَّعُ دون أن ندري، في أيٍّ (معسكر) أو على أيِّ تنظيم، لكنني أصارحك: كنتُ متأكِّدة، وكـما أراك الآن أمـامي، أن الكَنْـزة التي حاكتْها يداي ذاهبة لفدائي واحد بعينـه، هـو أيمـن، ولـذا، بعد أن انتهيتُ منها، بحثتُ عن زاوية بعيدة في داخلهـا، وبـالإبرة طـرَّزتُ:

(أحبكَ... حبيبتكَ إلى الأبد سلوى)

لكي تصدِّقني تحتاج إلى ما هو أكثر من أذنيك. سامعني؟! قالت لعبد الرحمن.

وجاء خلال إجازته يرتديها. جاء يرتديها. فبكيتُ، هربتُ، ابتعدتُ، وأنا ألمحه في أول الشارع، أنا سلوى التي انتظرت هذه اللحظة بكامل دمها؛ اختبأتُ وراء الباب، وأنا أسمع خطواته تقترب، ثم تتوقّف على بُعد متر واحد من العتبة. وتتردَّد كثيرًا في مكانها، والخوف يهزّني من أن يطرق الباب؛ وأنا أتمنّى ألّا يطرقه. لكنه لم يُطعني، لم يُطع أمنيتي، فأحببته أكثر. تقدَّم.. وهبطَ قلبي دفعة واحدة، تقدّم.. كانت المسافة الضيّقة زمنًا كاملًا، وبأطراف أصابعه بدأ ينقُر الباب، فأتاني ذلك الصوت رقيقًا ناعمًا، مثل وقْعِ حوافر خيل قادمة من آخر الدنيا.

- أعرف أنكِ خلفَ الباب! قال لي.

فتحرَّكتْ يداي، يداي اللتان لم تكونا جزءًا من جسدي، شقَّتْ إحداهما الباب، واختبأت الأخرى خلْفه، ورأيته هناك كاملًا، وقريبًا كما لم يكن في أي يوم من الأيام.

- سلوى، شكرًا. قال لي، وقد أمسكَ طرفَ الكَنْزَة بفرح، كما لو أنّه يريد أن يريني إيّاها.

وابتعد.

***

كان عليك أن تعرف معنى أن يأتي بلباس غير لباسه العسكري.

***

وتسألُ عمّي ؟!

كان عليك أن تعرفَ، حتى، قبل أن أقول لك، أنه لن يحبَّ أيمن، لأنه سرقني منه! عمّي الهارب بعاره، كما قالت لي جدتي!

ولم يكن يليق بي أن أحبَّ أقلَّ من شهيد!

ربما كنتُ أدرك ذلك منذ البداية، حين اخترته من بين الشّباب كلّهم؛ وكان ارتداء أيّ شاب للبدلة الكاكي أو المرقّطة، يرفعه ألف درجة نحو مرتبة نبي، هكذا دفعةً واحدةً، سواء أكان طبيبًا من قبلُ أو لصّ دجاج!

لكنّي اخترتُ أيمن.

قلتُ للست زينب هذا الكلام بعد ذلك بكثير، فبكتْ؛ بكت كما بكت في ذلك اليوم وهي تسمع حكايتي الأخرى!

كنا نحبّها. هل قلتُ لكَ ذلك؟!

.. آه.. كل الطّالبات، بعضهنّ كان يحفر اسمها على ظهور أيديهن بالشّفرة.. آه.. بالشّفرة! أتعرف، حين نبدأ بالتفتُّح، ننظر حوْلنا، ولا نجد من نحبّه بهذا القدْر دون أن ندفع الثمن غاليًا. أنت تعرف.. الحبّ الذي في داخلنا كبشر أكبر منّا بكثير، وربما الكُرْهُ أيضًا! لكنني لستُ متأكدة من هذه الأخيرة، لذا، لا نستطيع أحيانًا أن نحتمل ذلك الحب كلّه، فنقوم بأعمال لا يمكن أن يتصوَّرها عقل. هكذا، كنا نهربُ إلى حبِّ مُعلِّمَتِنا؛ لم نكن نحبّها فقط، كنا نعبدها. لكنني لم أحفر اسمها بالشّفرة على ظَهر يدي. قلتُ: عليها أن تفهم أنني أحبّها دون القيام بذلك. وقد صدقَ حدسي، حين اكتشفتْ ما تفعله الطالبات، غَضِبَتْ، غضِبَتْ كثيرًا، إلى درجة ملأتنا خوفًا من أن تهجُرَنا إلى غير رجعة.

***

حاول عبد الرحمن استعادة كلماتها للحظات، وحيّره أن إنسانًا قادرًا على التّعبير عن نفسه بهذه الطريقة، يبحث عن كاتب يُمْلي عليه حكايته.

- هي أذكى مما ظننتُ!

وعاوده إحساس الطريدة، وهو يستمع إلى الأشرطة في منزله.

***

- كان يهمُّني ألّا تعرف السّت زينب بما يدور فيّ، ويحدُث معي؛ ولذا، كنتُ أختبئ هناك، أغوص في لزُوْجَةِ الخجل، في طينه، ودَبَقِهِ، أنا التي كنت

أتمنّى أن أخرج من نفسي لأضحك من كل قلبي ولو مرة واحدة. كنتُ أحفر أعمقَ وأعمقَ في رمل روحي لأدفن سرِّي، سرِّي الذي تُعرِّيه عواصف التّعب والإرهاق كل صباح، فيطلُّ برأسه عبر ملامحي...

أول الليل، قبل أن يُغلق باب الغرفة على أخوي، أول الليل، قبل أن يأتي، كنتُ أحدِّقُ في برنامج دروس اليوم التّالي، هكذا، محنطةً، مع أنني أحفظه؛ لكن شيئًا ما كان يقول لي: إيّاك أن تتأخّري عن حصَّة السّت زينب.

حين تكون حصَّتها، الأولى، لا أستطيع النّوم. كلُّ شيء يبقى فيّ مستيقظًا إلى أن تطلع الشّمس من قبرها!

وأذهب؛ أذهب للمدرسة، بعينين داميتين، وسطَ دائرتين من زُرْقَة مسودّة.

كان ذلك قبل ثلاث سنوات من حزيران.

- مالِكْ؟ مريضةْ؟! تسألني السّت زينب.

- تعبانه.. شُغْلُ البيت!

- على أبيك، أقصد عمّك، أن يجد حلًا لهذه المشكلة؛ فتاة مثلك في الثالثة عشرةَ من عمرها لا يمكن أن تقوم بكل هذا الحِمْل الملقى على كتفيها.

هكذا كلّ مرة.

لكنني دفعة واحدة، انهرتُ، ولم يكن بإمكاني أن أستمرّ وكلّ تلك الصُّدوع فيّ.

ثلاثة أيام متواصلة لم أطأ فيها عتبة المدرسة. تحت كومة عالية من الأغطية اختفيتُ. كلما وضعوا لحافًا طلبتُ آخر، حتى تجمَّع كلّ ما في البيت فوق جسدي. كنتُ أرتجف. أرتجف من الحُمّى، من أن يصلني عمِّي، لكي يظلّ أخواي إلى جانبي، لكي أمنعَ فمي من أن ينطق كلمة واحدة!

لكي أظلّ خرساء!

وفجأة، تمنيتُها إلى جانبي. بزغَ وجهها في تلك العتمة اللانهائية هناك تحت الأغطية: السّت زينب. وكنتُ أصرخ في عتمتي: أريدُ أمّي. فجاء صوته من خلف عالم الظّلمات الرابض فوق صدري:

- لا تجيبي سيرتها على لسانك!

***

- ولكن لماذا ذهبتَ لترى عمَّها؟

سأل عبد الرحمن نفسه.

- لتطمئنَّ أنّ ثمة سلوى حقيقية في هذا العالم؟! قُل!

***

- أمسكتني السّت زينب من يدي، اقتادتني إلى آخر الممرّ قرب بيت الدّرج، والشمس خلْفي بعيدة.

- يا سلوى، أنتِ ذكية، أعرف، لكن غيابكِ عن المدرسة لا يُمكن أن يكون مُبرَّرا، ولن أقبله.. فاهمة؟

- فاهمة ست زينب، بس غَضْبِنْ عنّي!

- شو اللي بصير؟! قولي لي، أنا صاحبتك، نسيتي؟!

- لأ.. ما نسيت.

وبكيتُ.

صمتت السّت زينب، ثم قالت لي وهي تحدِّق في الفراغ: اذهبي الآن؛ ولكن، إذا أردتِ أن تُحدّثي أحدًا عمّا في داخلك، فأنا دائمًا هنا، وانتظركِ.

كنتُ أحسّ أنها أقرب إنسان إليّ؛ وفي ذلك اليوم، تأكدتُ تمامًا من هذا. حتى قبل أن تُصبح حماتي وتقول لي: سلوى لا تتردَّدي في القدوم إليّ؟

- قلتِ بأنها حماتك؟ سألها عبد الرحمن.

- ألم أقل لكَ ذلك منذ البداية؟

ولم يكن متأكِّدا من شيء.

***

- لأيام كنتُ أراها تنتظرني، وهي تُلقي الدّروس، وهي تضحك وتغضب، وهي تمضي نحو غرفة المعلمات، في شرفة المدرسة تنتظرني، في السّاحة، في نظرتها إليَّ، وفي نظرتها وهي تُحدّث سواي؛ وأنا لا أجرؤ على قطع تلك المسافة القصيرة الممتدَّة بيننا، لأبكي على كتفيها.

لكنني قررتُ أن أطوي ما في داخلي وأجلس عليه بكلّ ثقلي، خائفة من أن تفلتَ منّي كلمة واحدة، لكنها لم تكن ذلك الإنسان الذي يُمكن أن يتركني في حضيضي إلى ما لا نهاية.. وينتظر.

هكذا رأيتها تقترب.

ولم أكن أكثر من شجرة عارية وحيدة. لم أكن أكثر من عصفور مبتل طوال الوقت، وخفتُ حين وصَلَتْ، لكنها لم تقل الكثير. دستْ ورقةً في كتابي وقالت: إقرأيها بهدوء في البيت.

آخ، لو تعرف كم ارتبكتُ، فرحتُ، تعثرتُ ببعضي وأنا أركض نحو البيت، وأنا أُقفل الباب، النافذة، وأُشعلُ الضوء. وهناك، أطلَّ وجهُها: فتاةٌ بعمري، وعلى جانب صورتها وتحتها شرْحٌ مبسَّط وهادئ حول العادة الشّهرية، وتطمينات أخافتني، إلى أن جاء ذلك اليوم وفوجئتُ بالدَّم بين ساقيَّ وسمعتُ صرخة عمّي: عملتيها يا بنت ال. . ولم يُكْمل.

كيف لم يتذكَّر أنه هو الذي..؟!!

بكيت : هذه العادة يا عمّي، يابا!!

وفجأة صمت، كما لو أن الأمر لم يخطر بباله.

- اذهبي!

قالها بأسى لم أفهمه، عمّي المجنون بي، الذي لا يحتمل ذبابةً تحوم حولي، أو كلمة قاسية من أحد أخوي توجّه لي. عمّي الذي كنتُ أعتقد أن سبب فرحه بقبول أخي الكبير، فيما بعد، في المدرسة الصناعية الدّاخلية، كان فرحًا بمزيد من الحريّة التي ستتوافر له. لا.. لم يكن كذلك!

- لا تتأخّر. سننتظرك كلّ يوم خميس. قال له.

ولم يبدُ لي كاذبًا. رغم أنه لم يكن ابنه الفعلي، كان مثلي، من صُلب أخيه الشهيد؟!!

***

وقالت لي السّت زينب: إذا أردتِ أن تُحدّثي أحدًا عمّا في داخلك، فأنا هنا بانتظارك.

ودسّتْ ورقةً في كتابي.

وجاءتني العادة، فلم أعرف إن كان عليَّ أن أفرح أم أواصل البكاء.

وتغيَّر عمّي

صغيرًا بدا أمامي، وضعيفًا إلى درجة لا يمكن أن تتصوَّرها، كأن كلّ شيء كان يدور في العتمة، وفي لحظة مفاجئة عمّ الضوء...

ارتفع السّقف، طار بعيدًا، وخطا الباب في الشارع عدّة خطوات، تبعته النافذة، ثم مالت الجدران واحدًا بعد آخر بهدوء شديد مُنْقَلِبَةً على ظَهرها دون أن تتهدَّم أو تتشقّق، الأول إلى الشارع الترابيّ، الثاني إلى الحوش، الثالث إلى حوش الجيران. ابتعدت كراسي القشّ الأربعة، النَّمليّة، زُجاجة العَرَق، الكؤوس الفارغة، الممتلئة، قارورة الماء.

وصرختْ أكثر من حنجرة في وجهه.

- أليستْ في مقام ابنتك؟!!

وارتديتُ ملابسي. نـزلتُ للمدرسة.

ليلتها نمتُ باكرًا، كما لم يحدُث منذ قرن، وصحوتُ بلا دائرتين مسودّتين حول عينيّ، بلا ارتجاف في اليدين. ولشدّة دهشتي كانت السّت زينب تُمسك بيدي، وتمشي معي من بوابة البيت إلى بوابة المدرسة، وتودّعني هناك! كما تفعل أم، كما لا تفعل أيّ أُمّ في هذه المناطق المذبوحة بلقمة عيشها وأحلامها المطحونة؛ بعد أن أصلحتْ ياقةَ مريولي المدرسيّ الأخضر، وأبعدتْ خصلةً من الشَّعر عن عينيّ، وغمزتني:

- بَلَحَة !! تفاحة!!

وأرسلتْ إليّ قُبْلة طائرة وهي تُلوِّح مبتعدة، عائدةً إلى البيت، بيتنا!!.

وهكذا..

لأربعة أو خمسة أيام كاملة، ظلَّتْ تأتي، تُوصلني وتعود، إلى أن جاء يوم.

- هل انتهى هذا!!

هززتُ رأسي.

فقال: اذهبي واستحمّي.

5

باردًا ليل أيلول كان.

مشتعلة نهاراته

مدفوعًا بقوة طاغية، وجد عبد الرحمن نفسه، متَّجهـا إلى حـارة سـلوى الأولى.

عتمة.

قَطَعَ المسافة بين مدرستها وبوابة البيت أكثر من مـرة. وطَـوال الوقـت، كان يحسُّ بوقْع قدميها على الأرض خلْفه.

يستدير فجأة.

لا أحد.

لم يكن الوصـول إلى البيـت سـهلًا: ضِـيْقُ الـشارع، القنـاة التـي تـشقّه طـوليًّا، شاحنة صغيرة، سيارة مرسيدس عتيقة من أوائل الـستينات، عربـة خضار مربوطة إلى شبك حديديّ لنافذة منخفضة.

ولم يكن الرجوع سهلًا..

طريق يوشك أن يتحوّل إلى زقاق..

ونهايته مُقفلة.

***

لا تتصوّر كم عَرِقَ (حَضْرتُه) يومها. كم احتقنتْ ملامحه، عروق يديـه،

أصابعه التي تلوِّحُ بعصبية خلف زجاج سيارته المقفل وسيارات حرّاسه خلفه. كان في مصيدة حقيقية. وحتى اليوم تجد تلك الغرفة، عند زاوية الشّارع مصابة بتلكَ الزيارة!

على ارتفاع أقل من متر، نهشتها مؤخراتُ سياراته.

- سأتركها على ما هي عليه. قالت الجارة.

حتى، بعد أن أرسلوا إليها مُغَلّفا فيه ما فيه. وكانت خائفة أن يطلبوا منها ثمن مؤخرات سياراتهم التي حطَّمها جدار البيت.

- سأتركه للذكرى!

هكذا، وطوال فترة وجودنا في ذلك البيت -ولم تكن طويلة بعد أن حدث ما حدث- كنّا نراها بين يوم وآخر، تمسك بيد زائر أو زائرة، تقطعُ المسافة بين بوابة بيتها والزاوية، وتشير إلى ذلك الجرح في خاصرة الغرفة.

***

في الضوء الرَّمادي لعمود النّور، حاول عبد الرحمن أن يبحثَ عن ذلك الجرح الذي وصفتْهُ سلوى. لم تكن العتمة المضاءة بشحوبها قادرةً على إخفاء حفرة في الزَّاوية، لا تحتاج إلى أكثر من دفْعَة بإصبع لتُفضي إلى الدّاخل، وكان البيت شبه مهجور.

***

- لعلها ماتت..

هكذا تموتُ حكايتها معها.

ولم يكن متيقِّنًا من شيء.

انطفأ الضوء، ضوء عمود النّور، وسمع خطوات تقترب خلْفه. استدار بسرعة.

عربة خضار فارغة يجرُّها صبيٌّ. ارتطمت بالزاوية. وهيئ إليه أن خيطًا من النور انبعث من داخل الغرفة.

سطع الضوءُ فجأة، فبدا أكثر قوّة مما كان.

كأن عمود الكهرباء أقلّ طولًا من قبل!

***

- حسَدَنا البعض حين جاء (حضرته) ليُعزِّينا، ونسيَ أن ثمن زيارته تلك دفعناه سَلفًا: شهيد. ولم أكن فرِحةً بهذه الزيارة، حتى لو كانت مقابل ظفره.

كان عليك أن ترى مختار المنطقة، المختار الذي لو قُدِّر له أن يسفكَ دمَ ثلاثة من أبنائه مقابل زيارة كتلك، لفعلَ غير آسف على شيء.

لم تكن حارة سلوى غريبة عليه.

أحسّ أنه مشى معها في الشارع - الزقاق، بنهايته المغلقة، ولم يزل يمشي.

***

- ونام عمّي مطمئنًا كما لم ينم من قبل.

***

- معك هوية؟ سأل أبو أكرم عبدَ الرحمن.

- معي.

ناوله إياها، حدَّق فيها طويلًا، زمنًا يكفي لقراءة صفحة كتاب. أدركَ عبد الرحمن أنه يفكر. وأنه يُقلّب دماغه بحثًا عن قرار. قلَبَ الهوية، حدَّق في ظهرها بعينين لم تكونا هناك. هزَّ رأسه: صحفي؟!

- صحفي.

وصمتَ

- لكن شو بدّك في وجعة هالراس. إللي راح راح!

ولم يستطع عبد الرحمن معرفة نوعيّة الرجل.

***

ولا معرفةَ نفسه.

***

محفورة صورته بكلمات سلوى. حسّها به..

ولوهلة خُيِّل لعبد الرحمن أن أبا أكرم هذا، مزيج غريب من بشر لا يجمعهم شيء. سوى اضطرارهم للبقاء معًا ساعات طويلة في مصعد مُعطَّل.

- أكتبُ رواية. قال عبد الرحمن. وأُحاول جمْعَ أكبر قدْر ممكن من الشّهادات الحيَّة.

- رواية!! وهل ستعيدُها.. فلسطين، بروايتك؟!

ولم يفهم عبد الرحمن إن كان الرَّجل يسخر أم يتحسَّر.

- بالتأكيد لا.

- ما دمتَ تعرف أنك لن تعيدها برواية، فإن عليك أن تبحث عن طريق آخر.

وصمتَ ثانية.

ثم سألَه فجأة.

- لماذا لم تذهب معهم إلى لمفاوضات "مدريد"؟!

غريبة كانت لهجته.

كان السّؤال سؤاله، وسؤال رجل غيره قابع فيه.

قفز عبد الرحمن فوق الإجابة.

- قالوا لي إنك كنتَ من أولئك الذين ظلّوا يقاتلون حتى آخر لحظة عام 48، وبعدها قاتلتَ أكثر!

تلفَّتَ حوله: من قال لكَ هذا الكلام؟!

- كثيرون.

- كثيرون؟ مَن هم هؤلاء الكثيرون؟

وبدا منفعِلًا أكثر مما يجب.

- أريد اسمًا واحدًا.

***

- إذا أردتَ أن تراه، تجده هناك في المقهى الوحيد الباقي في المخيم. لن تجد صعوبة في ذلك، المقاهي الأخرى تحوَّلتْ إلى محلات لبيع الأثاث والأدوات المنزلية. قالت سلوى. وما قبل الأخير تحوَّل إلى مخزن لبيع الملابس المستعملة.

***

الغبار الأسود هنا أيضًا.

غبار أكثر كثافة.

***

- لم يدلّني أحد. باختصار، أنا التقي الناس هكذا بصورة عشوائية، أُقدِّر عمر الواحد منهم، ثم أبدأ معه. قال عبد الرحمن.

تنفّس أبو أكرم ملء رئتيه، اعتدل في جلسته، أشار للجرسون.

- شوف الأستاذ كيف بشرب قهوته!

- وسَط.

- ما الذي تريده تماما؟!

- أن تسرد لي حكايتك.

- هكذا ببساطة.. من الباب للطّاقة!!

ضحك أبو أكرم. إجابته أعطته فرصة لأن يضحك، لأن يُعيد ترتيب ملامحه من جديد. كان في نهايات عقده السّابع. وجه مستدير مائل للبياض، شارب خفيف، مهذَّب بعناية فائقة، لا يحصل عليها إلا شارب رجل وصل إلى الدّرجة الثانية في الوظيفة. مُتقدِّمٌ ومُدْبِرٌ في اللحظة ذاتها، مطمَئنٌّ باستناده إلى عبارات تحمل أكثر من وجْهٍ، لكن عينيه كانتا نقطة ضعفه الوحيدة.

عبد الرحمن يفهم هذه المسألة تمامًا. يعيشها. لكنه كان أكثر جرأة هذه

المرّة.

للحظة خَطَرَ له أن يُطمئن الرجل.

- إذا رآني في الشارع لن يعرفني. همس عبد الرحمن لنفسه.

وهذا ما كان. التقيا في الطّريق إلى المقهى بعد أيام.

- عرفتكَ من صوتك. قال أبو أكرم. أعترفُ أنني كبرت!! استدرك.

صعدا الدّرجات معًا هذه المرَّة.

- كنتُ أعتقد أننا انتهينا.

- هناك بعض التفاصيل الصغيرة لا أكثر. قال عبد الرحمن.

- تحبّ أن تجلس في الداخل، أم نبقى هنا؟

- هنا أفضل.

على السّوق مباشرة، كانت تطلُّ باحة المقهى، حركة البشر، نداء الباعة، ضجيج السيارات، خليط روائح الخضار والفواكه، شواء اللحم، تطاير الأرغفة من جوف الفرن إلى الطاولة الممتدّة أمامه، وأصابع الناس المتراقصة بفعل حرارة الخبز.

- تحدَّثْنا عن الماضي، ونسينا الحاضر تمامًا. قال عبد الرحمن.

- الحاضر! الحاضر يعني الأمور الشّخصية لا أكثر.

- لن أصل إلى ما هو شخصي جدًا. سأتحدّث فيما هو شخصي عام.

- ماذا تقصد؟

- لم أسألك عن عدد أولادك مثلًا!

- لدي اثنان. واحد هنا، والآخر ساعدته الظروف، لم يخرج كما خرج الآخرون من الكويت.

- فقط ولدان!

- فقط ولدان - قالها أبو أكرم بغضب- أتريد أن تقول لي كم ولدًا لي؟!!

- لا، لا أقصد أبدًا.

صمتٌ كثيف...

سحابةُ دخان كريهٍ عبرتِ المقهى، أخفتِ الحافلةَ فجأة عنهما.. والسّاحة.

- ألا توجد فتاة؟!!

- لا ، لا توجد.

تبدّد الدخان.

راح يُحدِّقُ بعينين فارغتين إلى السوق.

شرطيّ يمسك بأذن صبي ويجرّه باتجاه المخفر.

- كانت هناك واحدة. لكنها ماتتْ، كأمّها. قال ذلك ونظرته بين ساقيه.

- سلوى؟

- آه سلوى. كيف عرفتَ اسمها. لقد ماتتْ وانتهى الأمر!! ماتت ومعها مأساتها..

- مأساتها؟!

وللحظة أوشك أن يبكي. فاحتار عبد الرحمن فيه أكثر.

وعبرَ الشّرطي ثانية من أمامهما ولا أثر للصَّبي في يده.

- جنونها. قال بعد فترة صمت.

ورقَّ صوته.

- يا ابني، نحن لم نترك طبيبًا إلّا وذهبنا بها إليه.

***

- كذّاب. صرختْ سلوى..

وكانت تُقَلِّبُ المخطوط بعصبيّة.

- كذّاب وألف كذّاب. ثم ألم أقل لك كيف حصل على وظيفته، ألم أقل

لك بأنها ثمن دم أخيه! كما كان بيته الجديد ثمن دم أيمن!!

- يا سلوى، هناك شيء لا أستطيع أن أفهمه. قال عبد الرحمن.

- حتى أنتَ. أنتَ أيضًا. اذهب واسأل الجيران!! بدل أن تُؤَلِّف!!!

- لقد سألتهم. قالوا لي إنه جاء لتعزيتكم فعلا، وبنفسي بحثتُ عن صحيفة اليوم التالي للتعزية. وفعلًا وجدتُ الصّورة.

- ألا يعني ذلك شيئًا لكَ؟!

- لا. لا يعني!

- وزياراته لنا بعد ذلك.. ألا تعني شيئًا أيضًا؟!!

- لقد كان لطيفًا إلى درجة أنه عاد مرة أو مرتين. قال الجيران.

- مرّة أو مرّتين؟!!

في الغرفة راحتْ تدور، إلى تلك الدرجة التي كانت تختلط فيها زهرات ثوبها الصغيرة وتتداخل، فيبدو وكأنه ليس ذلك الثوب الذي جاءت به أول مرّة. قطرة عرق التمعتْ فوق جبين عبد الرحمن.

- والحارة الأخرى! ألم تسأل الناس فيها؟

- لم نرَ شيئًا يلفتُ الانتباه. هناك أمور كثيرة اعتدناها هنا. ليس ثمة ما هو غريب تمامًا!!

- لأنهم كانوا يندسُّون في بيوتهم منذ السّابعة في البداية، فلا ترى أحدًا. لكن الأمر كان قد تطوّر كثيرًا، حتى قبل وصولنا للحارة الثانية، حين كان حرّاسه يلمَحون خميس ولينا.

وفجأة صرختْ.

- ولكن أين خميس ولينا؟ أينهما في هذا الكتاب؟ لقد فتشتُ عنهما فلم أجدهما. أين ذهبتَ بهما؟!

انحدرتْ قطرةُ العَرَق على جبينه، توقّفتْ، غير قادرة على تحديد ذلك الاتّجاه الذي ستسلكه.

***

- "لينا"، اسمها لينا. نعم لينا، لماذا أنتَ دهش هكذا. منذ مولدها اسمها لينا، تمامًا كما كان اسمه خميس منذ مولده. مثلي. لينا التي لم تكن قد توقّفتْ بعدُ عن ممارسة عادتها الغريبة تلك.

- أيّ عادة؟

- قد لا تكون سمعتني حين قلتُ لك ذلك، ولكن ألم تسمع الأشرطة فيما بعد؟

دارت قطرةُ العَرق فوق حاجبه الأيمن. هبطتْ بمحاذاة سالفه. توقفتْ ثانية.

- كلّما كانت تسرح بخيالها بعيدًا، تصحو على يدها اليسرى تصفع بكلِّ ما فيها من قوّة يدها اليمنى، صارخةً فيها: أنتِ السبب!!

- لماذا؟ سأل.

- مرّة ثانية تسألني هذا السؤال: لماذا؟ سأقولُ لكَ..

وصمتتْ.

اندفعتْ قطرة العرق بتسارع فوق فكّه، وتلألأت متأرجحة على طرف ذقنه.

- ماذا كنتُ أقول؟ آه.. تذكَّرْتُ، حين كان حرّاسه يلمَحون خميس ولينا، كانوا يطاردونهما حتى يخرجوهما من الحارة. أحيانا كانت تأتي سيارة وتُبعدهما قبل أن يصِل. تقذف بهما بعيدًا فيندسَّان تحت أحد الجسور. وأحيانًا يختصران الطريق من أوَّله، فيذهبان ويقضيان الليل هناك.. في مقبرة الشهداء. وفي آخر الليل يعودان إلى بيتهما.

كان يريد أن يسألها: بيتهما؟!

لكنه لم يسأل. ماذا لو كان قد سأل السؤال نفسه من قبل، ولا يذكُر.

قالت: بيت الدَّرج، بيت الدَّرج الذي يسكنان فيه.

وصمتت.

- أتعرف كنتُ أُشبِه (خميس) في شيء واحد. كنتُ أحسّ بالسيارات،

سياراته، وهي قادمة نـحوي، وكان خميس يحسّها عائدةً. هل عليك أن تُجـنَّ لتفهم ما يحدث تمامًا؟ نهايته!! لينا لم تكن تعرفه من قبـل؛ أقـصد حـين كنّـا نعرفه نـحن، خميس الضَّحوك المُحلِّق في أغنيات عبد الحلـيم وأم كلثـوم. و (غاب القمر يا ابن عمّـي يـاللا رَوَّحنـي). لينـا عرفتْـهُ بعـد أن خـرجَ مـن السجن، ولم يكن باستطاعتنا نـحن الـذين عـشنا معـه أن نعرفـه بـسهولة. وبقينا غير مُصدِّقين أن هذا الرجل هو خميس، خمـيس الـذي أخـذوه. لكنـه حين أصرَّ على مواصلة ترديد أغنيته، قلنـا: إنـه خمـيس. لكـنّهم قِلَّـة كـانوا أولئك الذين استطاعوا احتضانه في الطريق العام. حيث لم يكن في الـشوارع غير الخوف.

وصمتتْ.

أحسَّ عبد الرحمن بوخزة ما، هناك على طرف ذقنه، امتـدّتْ يـده تمـسح قطرة العرق المتأرجحة، فانبثقت قطرةٌ أخرى.

6

المصـادفة الثانية بالنسبة لعبد الرحمن، أن بيـت سـلوى الجديـد، ورغـم حداثة المنطقة نسبيًّا وجَوْدَة تنظيمها، كان يقـع في شـارع واسـع هـذه المرّة، لكنه ذو نهاية مُغلقة أيضا.

- فكرتُ بهذا كثيرًا. قالت سلوى. ولم أصِل إلّا إلى نتيجة واحدة: كانوا يريدونني دائما في المصيدة، حيث تمتد يدٌ عبْرَ بوابة القفص مُـلاحِقَةً أجنـحةً بلا فضاء. في البداية حاولتُ الهرب، لكن رجاله سدّوا الطريق علـيَّ، ظلّـوا يتقدمون باتجاهي، عشرات، مئات، بأسلحتهم. وأنا أتراجع للوراء، خطـوة خطوة، حتى أجد جثتي محشورة هنـاك في غرفتـي. لا، غرفتـه؛ وأجـده كـما تركته، جالسًا بكامل زهْوه في السّرير، كما لو أنني عدتُ إليه نادمةً من تلقاء نفسي.

***

واحدًا من أكبر البيوت الموجودة في المنطقة كان، لا يبعد أكثر من أربعـة كيلومترات عن البيت الأول، في واحدة من تلـك الـضَّواحي الهادئـة يقبـع، تلك الضواحي التي يُمكن أن تُرتكبَ فيها أيُّ جريمة دون أن يحـسّ النـاس بشيء.

ولم يكن بإمكانه كتابة ملاحظة كهذه، في المخطوط، حتى لـو كـان رأى البيت.

- ما كان عمّي ليستطيع أن يمتلك غرفتين من غُرَفِهِ، لولا دم أيمن.

- ...

- ألم أقل لك! السّت زينب رفضتْ أن تأخذ المخصَّصين. قالت: إذا أردتِ أن تأخذيها لن أُعارض، لكنني لن أقبض ثمن دمه.

وقال عمّي: مجنونتان.

- لا معنى للدّم الذي تقبض ثمنه. قالت السّت زينب.

- مجنونتان!!

- كلما سألتُ امرأة عن الفترة التي تُبقي فيها ولدها بين أحضانها، قالت: سنة، سنتين، ثلاثًا، أربع سنوات، خمسًا. لكنه ظلَّ هنا في حضني ستّ عشرة سنة كاملة. لم أكن أريده أن يموت، بعد أن خسرتُ أباه. ولكن، حين سمعتُ لأول مرة بوجود الفدائيين، انتزعته من جسدي كما لو أنني أنتزع يدي أو قلبي، وقلت له: حُضْنُ بلادك أكثر اتّساعًا من حُضني، وأَحنّ.

***

حطتْ حمامة مرتبكة على طرف الشبّاك، ألصقتْ صدرها بالزّجاج، خائفة أن تقع؛ بين لحظة وأخرى كانت تنظر إلى أسفل العمارة، وكأنها تُدرك حجم الهاوية، فيرتدُّ رأسها، عند ذلك يرتطم منقارها بالزّجاج مُصْدِرًا صوتًا أشبه ما يكون بنقْرٍ خفيف على باب.

على الرّصيف المقابل كان سوق الطيور.

تأرجحت الحمامةُ..

فكرتْ سلوى أن تفتح لها الشُّبّاك، خشيتْ أن تقع. قد تكون أجنحتُها التي حملتها إلى هذه الحافة، عاجزة عن حمْلها، لو أرادت الهبوط ثانية، إلى أيّ أرض، أيّ سطح.

ورآها عبد الرحمن: حمامة على حافّة نافذة.

بعد لحظات من التّأرجح، استطاعتْ أن تُلْصِقَ جانبًا من جسدها بالنّافذة. هدأتْ، لكنها كانت خائفة.

***

- السّت زينب.. ست زينب.

- مين؟

- إحنا!!

- أهلًا وسهلًا. قالتها قبل أن تفتح الباب.

- الثورة رايحة تنطلق قريبًا.

- الله يفرِّحكوا!!

- بس أنتِ عارفة، هذا يلزمه تضحيات!

- خذوا. عندي (ذَهَبِة) هيِّ الذِّكرى الوحيدة من علاء الدين.

- لأ. بدنا إذا سمحتِ شهيد!

- شهيد؟

- آه، شهيد.

- أعطيتكم شهيد زمان. نسيتوا؟!

- إنتِ أعطيتيه لغيرنا، إحنا بدنا واحد إلْنا.

- بس أيمن لسَّه صغير. لسّه يا دوبوا صار خمستعشر سنة!!

- طيب، هذي المرَّة راح نسامحك! بس المرَّة الجاي، ديري بالك، بدنا كلّ شيء يكون جاهز!!

- اطمئنوا، أنا اللي رايحةْ أبعتو بنفسي.

***

.. وبدا لها كما لو أن الحمامة أصبحتْ مطمئنّة.

- وعاشتْ وحدها، تنتظر يوم إجازته، كما أنتظرها، بعد أن أصبح أيمن واحدًا من الفدائيين. وكان ما كان. تركتُ عمّي.. تركتُ كلَّ شيء، وقررتُ أنّ أفضل مكان لي في الدّنيا هو بيتها، فسكنتُ معها؛ تركتُ البيتَ، البيت المجبول بدم أيمن، وسريري؛ غرفتي التي حينما امتلكتها، عاودني

الحنين لتلك السّاعات السّت التي قضيتها في القبر...

.. أكان عليكَ أن تنتظر فوق القبر، وأن تملكَ الأمل ستَّ ساعات كاملة، بعد أن اختفوا فَرِحيْن، بعد أن تنفَّسوا لأوّل مرّة، وقد اطمأنّوا أنني أصبحتُ تحت التراب. أكنتَ مضطرًّا لأن تفعل ذلك؟ تُخرجني. كانت تتحدث مُصوِّبة بصرها إلى عبد الرحمن، كما لو أنه حارس المقبرة.

***

لم تعد عيناها قادرتين على مفارقة الحمامة.

– قبل هذا البيت، لم يكن لي سوى نافذة عمياء؛ فأصبح لنا باب يُفتح بسهولة انفتاح أبواب المطارات ليُسلِمَني لذراعي (حضرته) فريسةً حتى قبل أن يصل.

***

– لقد خدَعَنا عمّكِ. قالت لي السّت زينب فجأة.

– لقد خدعنا. قلتُ لها مؤكِّدة.

ولم أعرف أيّنا كانت البادئة باكتشاف الخدعة. لكن ذلك تأخر كثيرًا.

زوّروا له، نعم هم أنفسهم، زوّروا له توكيلين رسميّين باسمينا، وبدأ باستلام المخصّصين من ورائنا. وكنت أتساءل: كيف استطاع عمّي بناء هذا البيت. وطردتُ الفكرة مرّة واثنتين، مائة، تلك الفكرة التي حاصرتني: ماذا لو كان عمّي هو قاتله. وأنه الآن يقبض الثمن؟!

***

كان الشّرطي يدور في الساحة، منهمِكًا، كما لو أنه يفتِّش عن أُذن صبيٍّ آخر!!

***

– أربعة وعشرون عامًا كاملة أمضيتها في الخدمة، موظفا محترمًا، استطاع أن يصل خلالها إلى أعلى مربوط الدَّرجة الثانية. هل تستكثر عليّ أن يكون لي بيت في النهاية، ثم إنه ليس ذلك البيت الذي تتصوّره، ليس قصرًا

لتظنَّ سيادتك، أو أيّ واحد غيرك، أنني سرقتُ أموال الشعب وبنيته. قال أبو أكرم.

وعاد لينفجر ثانيةً: ثم هل تعتقد أن مخصص شهيد يبني بيتًا؟ إنه لا يكفي لإطعام أولاده!!

***

لم تعد الحمامة تتحرك، لم يكن فيها من القوّة ما يحملها إلى أعلى البناية، أو يحملها بسلام إلى الرّصيف.

***

- لقد خدعكَ.. خدعك تمامًا. مثلما خدعنا. كانت تهمس، كما لو أنها توجه الكلام لنفسها، أو لشخص آخر ليس في الغرفة.

- لقد خدعك بطيبة كاذبة، ولكنني سأسألك: كيف يمكن أن يكون لديه مسدس، عمّي، كيف يسمحون له باقتنائه و(حضرته) في المنزل وحده؟!

***

واقترب الشّرطي منهما.

صعد درجات المقهى..

سكت أبو أكرم.

طلبَ الشّرطي كأس ماء، تبرَّع الجرسون، فعرض عليه أن يشرب الشّاي. لكنّه كان مستعجلًا. ومرّت شاحنة صغيرة وأطلقتْ دخانها، وحين تلاشى، لم يكن ثمة شرطي في المقهى.

- تسألني عن (حضرته). (حضرته) جاء مرة، مرتين، ثلاثًا، أربعًا، لا أذكر الآن تمامًا. هذه أكبر هدية تلقّيتها في حياتي. أكبر هدية يمكن أن تتلقّاها أسرة مستورة كأسْرَتنا.

***

- مستورة؟!! صرختْ سلوى. كان عليك أن ترى بعينيكَ كيف

أصحو ليلا فأجد قدميّ موثقتين بطرفيّ السّرير، ومنامتي مرفوعة إلى ما فوق صدري وكلمات عمّي تمزقني من خلف الباب.

- إنها جاهزة!!

***

- كنا نربطها لأنها مجنونة.

صرخ أبو أكرم، فاستدارت الأعناق نـحوهما. واختلط الكلام. فأصبح المقهى جزءًا من فوضى السُّوق.

***

- سلوى؟!

لم أرَ فتاة تُحِبُّ الأولاد وتعطف عليهم مثلها.

قالت مديرة المدرسة التي عملت فيها سلوى معلِّمةً.

ولم يرَ عبد الرحمن في كلامها شيئًا مهمًّا: المديرة نفسها ليس لهـا مكـان في الحكاية.

لكنّها قالت، وسمِعَها: لم تتأخر عـن الـدّوام في الحضانة يومًـا واحـدًا. كأنها تعلَّمت التدريس أيضًا من معلِّمتهـا-الـست زينـب. في البدايـة كـان الأطفال يتشيطنون أكثر من اللازم، كنا نهدّدهم: سنرسل المـسّ سـلوى إلى حضانة أخرى. فيبدأون بالبكاء، ثم فجأة اكتشفنا أيّ قسوة تكمُـن في هـذا التهديد، حـين جـاءت أكثـر مـن أم لتقـول لنـا: إذا ذهبـت المـس سـلوى فسيذهب أولادنا معها.

***

- أكانت تشبه أُمها؟

سأل عبد الرحمن وكان خائفًا هذه المرَّة.

- مَنْ؟

- سلوى.

صمتَ أبو أكرم طويلًا، وقد بـدا الاقـتراب مـن المنـاطق الخطـرة أكثـر

حرجًا وسخونة.

***

من بعيد لاحتْ سيارة شرطة. بضوئها الأحمر الدوّار الصامت، تقدّمتْ بصعوبة باتجاه السَّاحة وصلتْها، انطلقتْ صفّارتها مُحذِّرَةً، في رشقتين متتاليتين.

عمّ الصّمت.

**

- لم أعرف. لم أعرف كم كنتُ أشبه أمي، إلّا بعد أن جاءت جدتي-أمُّ أبي، أم عمّي وسكنتْ عندنا. أنا لم أر أمّي سوى مرّة واحدة: حين متُّ. أقصد، حين دفنوني.

***

- كانت السّت زينب تدور في باحة المدرسة خلال فسحة ما بين الدّروس، تدور، على عادة كثير من المعلمات، وبخاصة المناوبات منهن..

الضوء لم يغمر كلَّ شيء بعد. ظلال المدرسة تُغطي نصفَ الملعب الممتدّ أمامها. رأيتها، ولم تكن عيناي تفارقانها في الأيام الأخيرة حيثما ذهبتْ..

لقد مشيتُ وراءها في الشّارع، وكلّي أمل أن تراني؛ وخائفة من أن تراني. إلى أن جاء ذلك اليوم الذي لم أعد أغادر بعده مقعدي المدرسيّ. لكن ذلك لم يدم طويلًا. المديرة عمَّمتْ على الطالبات (يُمنع البقاء في الصفوف أثناء الفسحة) فبدأتُ أجلس على العتبة الأخيرة لبيت الدَّرج. كما يفعل خميس على بيت درجه هو، خميس الذي ظلّ أعمى طوال عمره، وحين رأى مرّة واحدة، اندفعوا يصرخون في وجهه: مجنون. خميس الذي لم يكن له عقل، حين وجدَه قالوا: مجنون.

وكانت تدور السّت زينب، وكنتُ أدور.

مررتُ من تحت شبّاكها خائفة، وعدتُ خائفة. وكنتُ أسمعها تنادي، وهذا ما كان يحيرني: سلوى أنا انتظركِ، سلوى لا تتأخري. سلوى...

ولم أكن قادرة على تلبية ندائها، لكن يدي في النهاية هي التي ذهبتْ، يدي التي لم تطاوعني، سحبتْني نحو يدها في السّاحة، يدي هذه التي لم تقْبَل أن أواصل حياتي على ذلك النَّحو، فقررتْ أن تتدخّلَ وتنقذَني. يدي التي جرّتني كلّي ومضتْ بي، وأنا أحاول مقاومتهاِ بالتّراجع إلى الخلف، لكنّها كانت قد قررتْ، هكذا اكتشفتُ، وأن قرارها لا رجعة عنه. فتبعتها...

في أقلِّ من لحظة هدأتْ كلُّ أعضائي حين تسرَّبت حرارةُ أصابع السّت زينب إلى أصابعي، أصابعها الدافئة الرطبة. وقبل أن تستدير لتراني، أو تخفض بصرها لترفع وجهي إلى عسليَّة عينيها، قالت: أهلا سلوى. كنتُ أنتظركِ.

ساعتها بكيتُ، بكائي الصّامت، لكنه ليس البكاء نفسه، بكاء الفرح في أن لك يدًا دافئة رطبة، وعينين عسليتين في عالم وحشتك المُرّة.

- مرّي عليَّ بعد الظُّهر، سأكون سعيدة بزيارتك. قالت.

تراختْ أصابعي القابضة على أصابعها، لكنّي بقيت طوال الوقت أحس بأن يدها لم تزل في يدي. ثلاث حصص طويلة مرتْ بعد ذلك، قبل أن يُقرع الجرس، قبل أن أنسلَّ نحو بيتها، بيتها الذي تمرّ بمحاذاته البنات خائفات أن يزعجنها بوقْعِ أقدامهن.. البنات اللواتي كن يصمتن كما لو أنهن يعبرن رحاب مسجد.

- إنها تحبُّ القراءة أكثر من أيّ شيء.. تحبّها كابنها.

وخفتُ

- اطمئني يا سلوى. سنكون وحدنا.

***

- أيمن ؟!!

ربما لم يكن حبُّ الطالبات له، إلا جزءا من حبِّ معلمتهنّ، معلمتهنّ التي كان بودهنّ أن يجلسن أمام بابها في انتظار إشارة منها، ليفعلنَ أيَّ

شيء..

ولم يكن أيمن هناك ليلاحظ كلَّ هذا الحبّ، كـان في عـالم آخـر، يبتـسم لهن، يردُّ التحية التي ليست أكثر من إشارة خفيفة برأسه، ويمضي، إلى جهـة أخرى، لا تعْلمها الطالبات.. نعم، أستطيع أن أقـول لـك الآن، إنـه الولـد الوحيد -لم يكن ولـدًا، كـان أكـبر منّـا- إنـه الفتـى الوحيـد الـذي كانـت الطالبات يتْبَعْنَهُ من بعيد، قالِباتٍ بذلك اللعبـة رأسًـا عـلى عقـب، حيـث الأولاد هم سادة هذا النوع من المطاردات.

- ... ...؟

- أنا ؟!! لا، لا، لم أكن أجرؤ على ذلك، كنتُ أرى محبّتي للست زينـب أكبر من كـلِّ شيء. الآن.. الآن أسـأل، هـل كانـت مـصادفة أن أقـول لهـا وحدها كل ما جرى مع عمّي ، هل كنت أحاول أن أبرئ نفسي أمامهـا مـن تهمة لم يكن يعرفها سواي؟

7

إلى المدرسة، قبل منتصف السّنة الدراسية، وصلتِ السّت زينب. طينٌ وبردٌ، وكانون الأوّل في أوْجِهِ، وكنّا نرتجف. قيل لنا: معلِّمة اللغة العربية في الطريق. وكنا نعرف أنها ستكون من نصيبنا، حيث كانت مجموعة من المعلمات تتقاسم حصص اللغة العربية المُخصصة لصفِّنا..

المعلمة الجديدة تستثير مكامن الشَّيطنة دائمًا؛ كالطالبة الجديدة، أنت تعرف؛ فما بالك حين تأتي في منتصف العام! لكنها فجأة، دلقتْ سطلَ ماء بارد على أيّ محاولة من هذا القبيل.

- صباح الخير.

قلنا معًا، واقفات، ما إن تعدَّت العتبة.

ولم تردّ علينا. ظلَّتْ صامتة.

خفنا من صمتها، من جمالها، من طولها، من ملامحها الدقيقة كتلك التي لا تمتلكها سوى الفتيات في مجلة "حوّاء"! كانت أجمل مخلوقة تراها أعيننا عن قرب..

مشت بين الصّفوف.. صفوف المقاعد الخشبية المُقشَّرة، المتصدِّعة، مُحدِّقَةً في الأرض.. ولم نعد نجرؤ على التّحرُّك، أو التنفّس؛ ثم عادت لتقف خلف الطاولة، أمام اللوح، وتتصفَّحنا من جديد.

- منذ الآن علينا تغيير هذه العادة!! في كل مكان في الدنيا، الذي يدخل هو الذي يُلقى التحيّة، صباحًا أو مساءً، وليس الجالس. مفهوم.

- مفهوم!!!

وأحببنا صوتها، بحّتة الجميلة، ابتسامتها حينما ابتسمت أخيرًا، عينيها الذّكيتين حينما راحتا تغسلاننا بالضّوء المتألق فيهما. آه، لو أنك تستطيع الآن أن تحسّ بما حدث، حيث الخوف يتحوّل إلى نشوة، ثم إلى حبٍّ.

وصمتتْ، ولم نزل واقفات.

- تفضَّلن. قالت أخيرًا.

- تسمحي، مِسْ.

- تفضلي.

- لكن ذلك لن يُعجب المعلِّمات.

- إنه يعجبني.

لم نصدِّق أن ثمة أناسًا من هذا النوع موجودون في العالم، فما بالك إذا ما رأيناهم هكذا، فجأة، أمامنا؟

وكبرنا معها، مع الست زينب، ليس باستمرارها في تدريسنا اللغة العربية، سنة بعد أخرى فقط، لا، كبرنا معها هكذا فجأة.

كنا مجرّد بنات، فأصبحنا فتيات، فتيات حقيقيات.

***

- خائفة تقدَّمتُ نحو البيت، ولم يكن الطريقُ ينتهي، الطريق المؤدي إلى بيت الست زينب، إلى بابه الأزرق البحريّ، والرّقم الذي طبعته وكالة غوث وتشغيل اللاجئين الفلسطينيين على ارتفاع أقل من مترين. الآن، الآن أقول لكَ: لم تعادل تلك اللحظة الهائجة في الروح، سوى تلك اللحظة التي وقف فيها أيمن بكنزته التي نسجتْها يداي أمام بوابة بيتنا، وبأطراف أصابعه راح ينقُر الباب، فأتاني ذلك الصوت رقيقًا ناعمًا، مثل وقْعِ حوافر خيل قادمة من آخر الدّنيا. كنت أمشي صوب بابها، ولم أكن في خطواتي! وتتلعثم يدي وأنا أحاول أن أطرُقه، فأقف مرتبكة. لكنها لم تتركني هناك إلى الأبد، فجأة انشقَّ الباب، انشقّ الأزرق البحريّ، وأَطلّتْ: تفضَّلي!

- هذا هو البيت، أشارت بحركة نصف دائرية إلى الحوش الصّغير، إلى الدّالية، الليمونة، حوض النعناع وشتلات البندورة وصفيحة الرّيحان المُعلّقة قرب باب الغرفة.

صمتتْ سلوى، تأمّلها عبد الرحمن، كم تتورّد حينما تستعيد ذكرى جميلة. وتمنّى أن تبقى هكذا، وأن يتأملها إلى ما لا نهاية، لقد تحوّل النّظر إليها بحدِّ ذاته، إلى متعة، تُلامسُ حدود النّشوة.

- أُريدُ أن أقول لكَ شيئًا مهما عن السّت زينب. إنها لم تكن تستخدم ياءَ الملكية أبدًا. انتبهتُ لذلك بعد سنوات، حين نمتُ وإياها تحت سقف واحد. وقد كنتُ أحمد الله في البداية لأنني أسير وإياها تحت سماء واحدة.

قالت لي: في الغربة لا تستطيعين أن تدَّعي امتلاكك لشيء ما، في الغربة أنت لا تملكين سوى حلمك، تستطيعين أن تقولي: هذا حلمي، لكنكِ إذا ما قلتِ- هذا بيتي، وهذا ولدي، فإنكِ لا تملكين الحقّ في أن تقولي بأن لكِ حلمك الخاص في العودة إلى وطنك.

سيتكرر الأمر فيما بعد، حين تأتي إليها إحدى الطالبات بشتلة زيتون هديةً: (الزيتونة مثل ما بدِّكْ منها بِدْها منِّك) أتفهمن المثل؟! ثم مَن تعتقدنني، أنا لا أملك وقاحةً أن أَزرع شجرة زيتون في ساحة البيت. أتفهمن، الزيتون يعني الكثير، يعني أن تنزرع إلى جانبه زيتونًا أيضًا، وأن تنتظره حتى يصبح زيتونًا حقيقيًّا. أتفهمن؟

وكانت غاضبة.

- هذا هو البيت، يُعجبك؟!

هززتُ رأسي.

- بالنسبة لي، لم يعجبني يومًا. قالت وكأنها تُحدِّثُ نفسَها.

حاولتُ ابتلاع ريقي، لكن، دون جدوى. تيبَّستْ حنجرتي. فكَّرتُ بالفرار. إلا أن شيئًا غامضًا كان يشدُّني نحوها، ولم يكن يدي هذه المرة.

وأشارت إلى حوض النّعناع: محاولة يائسة لتجميل وجْهِ الغربة. قالت.

ودخلتُ أمامها الغرفة. ورأيتُ اللوحات والصُّور هنالك أسفل الجدار.

***

- يا سلوى، لهذه اللوحات والصّور جدارٌ ليس هنا.

قالت لي في زيارتي الثانية لها. وكنتُ سألتها، هل أُساعدك في تعليقها.

- لا، أشكركِ. لهذه اللوحات والصّور جدار ليس هنا.

صورة رجل بإطار خشبيّ رماديّ في أواسط العشرينات، صورة لميناء حيفا مأخوذة من سفح الكرمل، لوحة قديمة نسبيًّا لامرأة تحاول استنهاض حصان قتيل في أقصاها شمس غاربة دامية. وفوق الطاولة الخشبيّة كانت تُطلُّ بحنان عينا أيمن، عبر زجاج برواز صغير، يسنده كتاب ضخم.

أتَصدِّق، حتى صورته اكتشفتُ أنني غير قادرة على التَّحديق فيها، وارتبكتُ أكثر حين اكتشفتُ أن عينيه تنظران إليَّ حيثما ذهبتُ في الغرفة، لكنني نسيتُ عينيه فجأة، حين سمعتُ السؤال.

- تحبين الشاي أكثر، أم القهوة؟!!

كلُّ شيء إلا هذا! صرختُ في داخلي، السّت زينب تُعدُّ لكِ الشاي بيديها يا سلوى، وأنتِ جالسة هنا، مُحنَّطة!

هززتُ رأسي: لا.. شكرًا.

- تزورينني لأوّل مرة، ولا تشربين شيئًا!

هل ستسمح لي بزيارتها ثانية؟

خفتُ أن أُغضبها

- شا.. شاي. قلتُ.

- هكذا نصبح صديقتين.

وارتبكتُ أكثر.

-أنا أعمل الشاي. قلتُ لها.

نظرتْ إليَّ بعينيها العسليّتين، وابتسمت.

- مش عيب؟!!

توجَّهتْ نحو الباب، في طريقها للمطبخ، وقبل أن تختفي قالت لي: بإمكانك أن تتصفّحي الكتب، ريثما أعدُّ الشاي.

وحيدةً وجدت نفسي مع أعزِّ أشيائها، مع أسرارها، وكانت الفترة التي أعدَّت خلالها الشاي، كافية لأن أستعيد أنفاسي. الآن أقول لك: لعلّها كانت تقصدُ ذلك تمامًا.

أدهشتني الكتب، كتب!! أكثر مما يوجد في مكتبتنا المدرسيّة. أكبر عدد من الكتب رأيته في حياتي، سلاسل مرقَّمة بتتابع: روايات الهلال، كتاب الهلال، روايات عالمية، مسرحيات عالمية، وعلى صدر أغلفتها تلك العبارة الفاتنة (وصلت بالطائرة!) ومن بينها أدهشني كتاب، لم أتخيّل أبدًا أنه بهذا الحجم "دون كيخوته"، في جزأين! وكنا قرأنا عن مغامراته وهو يقاتل طواحين الهواء، ويُمعن ذبْحًا في قطعان النِّعاج.

لسنوات طويلة كنت أضحك عليه، إلى أن فهمته. فبكيتُ على نفسي.

"الكوميديا الإلهية"

لم أفهم العنوان، مددتُ يدي نحوه، الجحيم، المطْهر، سحبته من بين الكتب، فتحته...

(وكمن يرى بغتةً أمامه شيئًا يثير في نفسه العجب

فيصدِّق ولا يصدّق

قائلًا إنه هو، إنه ليس هو)

وقلَّبتُ صفحاته ثانية:

(وإذا بي أرى نورًا سرى بغتةً في كلّ أرجاء الغابة العظيمة، على نحو جعلني أظن أن هذا ربما كان هو البرق).

***

- الست زينب؟!

لم أعرف كم من الزمن أمضتْ واقفة أمامي دون أن أنتبه.

- سَرَحْتِ؟

- آه..

- بودِّي أن يُتاح لَكُنَّ قراءة هذه الكتب كلَّها؛ و لو تَقْبَلُ الإدارة ما لديَّ في هذه المكتبة لأهديتها للمدرسة.

- ولماذا لا تَقبل؟

فوجئتُ بلساني يتحرّك، فرِحتُ، ارتبكتُ.

- لأن كلَّ ما حولنا هنا، يريدنا أن نعيش على الفتافيت، فتافيت الخبز، الكتب، الأمل، الحلم، فتافيت الوطن، وفتافيت الذِّكريات. لأنهم لا يريدون أن تكون هنالك خلْفنا، حتى، ولو ذكرى واحدة كاملة تكفي لأن نعودَ إليها.

***

- لم أجد كلمة واحدة، مما قلته لكَ من هذا الكلام.

وبعصبية راحتْ سلوى تفتِّش في الأوراق، وتدقُّ بيديها.

- أين ذهب كلامي؟ أين ذهبتُ.. أنا؟ لقد جئتُكَ كاملةً، رغم أنهم اقتطعوا من جسدي وروحي ما يكفي لأن أكون قد تلاشيت.

وتحرّكتِ الحمامةُ بِفعل الصّرخة، فأوشكتْ أن تَقع.

لو أمضتْ فترة أقلَّ بقليل في القفص الذي حُبِسَتْ فيه، لكان بإمكانها الآن أن تطير، لكنَّ انعقاد جناحيها هو السّبب. هل كان يدرك ذاك الذي جاء يبيعها أنها لن تستطيع الطيران حتى وهي تملك جناحين كاملين، فاطمأنَّ؟

لقد رفَّتْ في البداية، هل كان الصوت الذي أصدره جناحاها هو الذي ذكَّرَها أن بإمكانها أن تطير، فطارت، لكنها بدل أن تُحلِّق، وجدت نفسها تتسلّق البناية بصدرها، صاعدة باتجاه نافذة هيئ لها أنها الفضاء؟

فكَّرتْ سلوى بذلك طويلًا فيما بعد.

***

قلتُ لك: لقد أدركتُ يومها خطورة هذا الكلام، كلام السّت زينب، وصدق ظنّي. ألم أقل لك ذلك؟ ألم أقل إنها بعد أشهر تغيَّبتْ عن المدرسة، وجاءت معلِّمة أخرى مكانها، وأننا انتظرناها طويلا؟ سألْنا، ولم تكن هناك إجابات. خفْنا أن يكون قد حدث لها مكروه؛ ودون أن نُفكِّرَ مرّتين، وجدنا أنفسنا أمام بيتها، عشرات الطالبات، مئات الطالبات.

عندها أشرع أيمن الباب، ربما كان يريد معرفة مصدر الضّجة لا أكثر، فوجَدَنا أمامه. غاضبًا كان، لا، مقهورًا، يُغالب انفلات دموعه، ويكبح صدى صرخة محبوسة داخل صدره. وأمام دهشتنا، شقَّ الكتلة البشريّة المائجة أمام الباب، وابتعد. تمامًا كما كان يختفي كلما وصلتُ إلى بيتهم.

- شو في؟!

مِن أعماق الغرفة جاء الصّوت، صوتُها الذي نعرفه، صوتها الذي نحبّه، وأطلتْ دون ابتسامتها، دون عينيها اللامعتين وخضرتهما المشطوفة بالمطر.

عندها انفجر البكاء، بكاؤنا، وظلّتْ واقفة، كما لو أنّ الأمر لا يعنيها.

كانت الكدمات تُغطي وجهها، جبينها، وتُلقي بعينيها بعيدا داخل هوَّتين سحيقتين. ولم يكن يدلُّ عليها سوى صوتها.

خميس رأيناه فيما بعد على هذه الصّورة. لكن صوته كان قد تغيّر. كانوا قد هشموا صوته أيضًا:

يا ويل عدوّ الدار

من ثورة الأحرار

يا ويله، يا ويله، يا ويله

إحنا عرب (ثذعان)

ما حد فينا (ذَبان)

بالنّخوة والإيمان

نـحمي الحِمى والدار!!!!

***

لقد قلتُ لك كلّ هذا الكلام.

لكنني كنتُ غبيّة، لم أدرك أنك لم تكن تسمعني.

قلت لك: يكفي أنني امتلكت أخيرًا جرأة قول كلّ شيء. أنـا لا أجـرؤ على إعادتها، حكايتي، يكفي أنني عشتها.

أكان مسجّلك يسمع، أم كان مثلك أيضًا؟!

***

- كان عليك ألا تسمح لها بقراءة المخطوط.

قال عبد الرحمن لنفسه.

وقالت له نفسه: فرصة أخرى لأن تراها، فعسى!

منذ البداية كان يرى في حضورها لغزًا. هي تعرف أنه لم يسبق وأن كتب رواية، أو حكاية حتى، مجرد مقالات، مقـالات طويلـة مكّنتـه مـن احـتلال الصّفحات الأولى بعنـاوينها الحارّة في كثير من المرّات، وفي أعــلاها كانـت تُطلُّ صـــورته ذات العينـين الـوادعتين الـواثقتين، وإلى هـذا ندواتــه التـي يعقدها في كل مكان تحظى بعناية نادرة دائمًا.

- لِمَ لم تذهبْ إلى أحد الروائيين، أو إلى أحـد القـصاصين عـلى الأقـل!! لماذا أنا؟!

***

راحتْ يدٌ تَطرُق الباب..

- لا تفتح. قالت له سلوى. لا تفتح أرجوك. تراجعـتْ نـــحو الزاويـة والمخطوط مشدود إلى صدرها. انتبهتْ لذلك، أبعدتْه فجأة.

- لم يكن كلامه يُشبهني في شيء، لأجعله قريبًـا مـن جـسدي إلى ذلـك الحدّ. لكنّه الخوف.

قالت لي!!

***

ثانية عادَ الهدوء.

وسمعتْ سلوى وقْعَ الخطوات هابطة الدَّرج، خطوات أقلّ ثَقلًا من خطوات رجل كبير، تتبَّعَتْها إلى بوابة البناية، وهناك اختلطت بالخطى المتزاحمة.

ولم تتحرّك الحمامة.

***

- إذا كان لا بد لأحد من أن يموت، فلستِ أنتِ يا سلوى. صرختْ بي الست زينب، وكانت آذنة المدرسة قد أمسكتْ بطرف مريولي المدرسي في اللحظة الأخيرة قبل أن أقذف بنفسي من شباك الدَّرج في الطّابق الثاني.

كنتُ أريد أن ينتهي كلّ شيء. أن أنتهي. واكتشفتُ أنني تأخرتُ في مصارحة السّت زينب، لأنها وجدت الحلَّ بأسرع مما كنتُ أتصوّر.

***

- لا نُريد تحويل الأمر إلى فضيحة. فاهم. وهزَّ أبو أكرم رأسه.

سلوى هي التي تهمّنا. وبقية ذلك، إلى الجحيم. قالت السّت زينب وكانت مديرة المدرسة ترتجف هلعًا.

- أليستْ كابنته؟!! سأسجنه.

المديرة نفسها التي هدَّدت بإعلان الإضراب إذا ما تمَّ التحقيق ثانية مع السّت زينب، المديرة التي نسيتْ مناكفاتها حول مدى العلاقة بين المعلِّمة والطالبات.

- كل هذا الكلام قالته لكِ سلوى. سألتْها المديرة.

- نعم.. وفي بيتي.

- اغفري لي، لو لم تقومي في هذه المدرسة بأيّ عمل غير هذا، لكان كافيًا لأن أقول لك لقد نجحتِ. سامحيني.

***

لم يعترف في البداية.

- مجنونة.. إنها مجنونة.

- لا ليست مجنونة، في هذه الأمور المدْرسة هي التي تحكُمُ، لا أنتَ. وعليكَ أن تفهم أن العالم كلّه لن يحميك، إذا ما شاعت هذه الفضيحة. وما يمنعنا من إيصالها إلى الشرطة هو خوفنا على سلوى، لا خوفنا منك أو عليك. بإمكانك أن تذهب وتتزوج. بإمكانك أن تفعل أيَّ شيء. ولكن، إياك أن تقترب منها ثانية.

- ولتذهبْ أنتَ إلى مكان آخر. قالت له السّت زينب.

***

- وجاءت جدتي، أُمه.

وذهبَ هو ليعيش في بيتها.

8

- في صمت الحارة دارَ دورتين، بعد أن أُطفئتْ أضواءُ سيارته، وسيارات حرّاسه، وبدا الأمر كما لو أنّ أصوات المحرِّكات قد اختفت تمامًا، ودخل الدّورة الثالثة بهدوء أفعى تنساب فوق الرّمل.

كان يمكنه أن يلاحظ وسط هذا البحر الشّاسع من الليل النوافذَ تُغلق، واحدةً تلو أخرى؛ وقد كانت الأبواب قد أُقفلت منذ وقت طويل بإحكام، وأُبعد الأولاد، مخافةَ أن يلعب الشيطان بيد أحدهم ويدفعها نحو المقابض الرَّمادية الباردة المتربِّصة بدورها هنالك، أعلى من قاماتهم بقليل.

حين جاء في المرّة الأولى، نبح الكلب، فابتعد، عاد في الليلة الثانية بأضوائه العمياء، لكنَّ الكلب نبح من جديد، وظلّ ينبح، مما اضطره للابتعاد. ولم يكن للنّباح ضرورة كي يتنبَّه الناس، والآذانُ ترى خلف الحيطان كلَّ ما يجري، والأنفاس رابضة في الصُّدور بما يكفي لتحويل الهواء إلى حجارة...

- لم يكن عليه أن ينبح، لم يكن مطلوبًا منه أن يكون بطلًا...

قالت سلوى.

***

في المخيم.. في ذلك البيت، البيت القديم، كان الأمر أكثر تعقيدًا: الحارات، الشوارع الضيّقة، الأزقة، الحُفر أمام البوابات، القنوات، البيوت المتلاصقة، السّطوح الغامضة، العتمة، وتلك الفرصة الحاضرة أبدًا في ألّا

تفوتكَ همسة لعابر طريق. ذلك كلّه كان يلتف حولي ويحميني.

الزيارة الأولى، بعد العزاء، كانت مفاجئة تمامًا.

***

- (حضرته)؟! نعم زارنا. هذا شرف لا يمكن لي أن أعتبره سرًّا، لقد جاء لتقديم العزاء بنفسه، ولم أكن أتصوّر أنه سيأتي ثانية. لكن طيبته هي التي غمرتنا، حين عاد لتفقُّد أحوالنا في زيارة ثانية. قال عمّها.

وتقدّم الشّرطي من طرف السّاحة المقابل مُشرعًا هراوتَهُ، ضاربًا بها الباعة، عرباتهم، ما تحمله العربات من بضائع، محاولًا أن يشقَّ الطريق لسيارة الشرطة التي لم تتوقّف عن إطلاق صافرتها، وكذلك الشتائم من مكبِّر الصوت القابع فوق ظهرها.

- افتحوا الطريق. بَقَر! الطريق للسيارات، ليست للحيوانات.

***

- أنا نفسي كنتُ دهِشَةً، ولو كانت لدي عشر حواس إضافية لما كان لي أن أتصوّر أن الأمور ستتطوّر على هذا النحو الذي تطوّرت فيه..

أما عمّي، فقد وجد نفسه أصغر من نملة، حين اكتشف أيّ بيت ذلك الذي يسكنه، ذلك البيت الذي لا يليق بمقام (حضرته)، بل لا يليق بمقام أحد من مرافقيه. . .

قد لا تكون تلك الفكرة خطرت له حينها، لكن هاجسًا ملحًّا سكنه فيما بعد، حين عاد (حضرته) مرة ثانية.

- (هذا البيت، لن نبقى فيه بعد اليوم). صرخ في وجهي بعد مغادرة (حضرته)، وكأنني أنا نفسي المسؤولة عن وجوده بين تلك الجدران.

بعد أن شرب الشاي، سأل عمّي: هل يمكنني الانفراد بسلوى قليلًا.

سحبَ أخي الأصغر -كان الأكبر قد أصبح خارج هذا الكابوس، خارج البلد- خرجا إلى الحوش. لا، لم يدخل الغرفة الثانية، هكذا أحسستُ، سمعتُ خطاهما.

***

- ماذا قال لك؟! آه.. ما الذي قاله لكِ (حضرته)؟!

- أنتَ تعرف عمّي! إنه لا يريد أن يقول لي..!

- أُسكتي.. اسكتي.. من تعتقدين نفسك، جورجينا رزق، حتى يفكِّر فيك على ذلك النحو، ثم هل تنقصه النسوان، ليأتي إلى واحدة مثلك؟!

هكذا أطلقها دفعة واحدة، جملته، فأحسستُ بأنها هشَّمتْني.

- لم يكن بإمكانه أن يواصل التردُّد علينا إلى الأبد لو لم نترك ذلك البيت في المخيم. أفهمت؟

هزَّ عبد الرحمن رأسه.

لوَّحتْ بالمخطوط وسألتْ شبه صارخة: ولكن أين هذا الكلام؟!!

دُقَّ البابَ من جديد، كانت الطَّرقاتُ أكثر قوةً ولهفة.

ارتبك عبد الرحمن

- افتح البابَ. قالتْ له.

تردّد قليلًا. وبدا أن من يطرقه على استعداد لأن يواصل إلى الأبد.

- إنْ لم تفتحه سأفتحه أنا..

وقف عبد الرحمن. لاحتْ منها نظرةٌ باتجاه الحمامة الملتصقة بالزجاج المُغبَر.

أطلّ وجه صبيٍّ تجاوز العاشرة من عمره، بنظرات قلقة، تُقلِّبُ الغرفة من تحت ذراع عبد الرحمن المستند إلى حلْق الباب.

- أريدها.. الحمامة.. إنها على شباك مكتبكم.

استدار عبد الرحمن لينظرَ إلى الشباك.. لكن سلوى كانت قد سبقته. أشرعتِ النافذةَ بسرعة، لم تتحرك الحمامة.. وصرخ الولد: ستطير، واندفع راكضًا. إلا أن يد سلوى كانت أسرع، دفعتْها بأصابعها لتطير، لكن الحمامة التي رفّتْ بجناحيها، لم تطرْ، دفعتْها ثانية، وكان الولد قد اقترب كثيرًا، فهوتِ الحمامةُ مثل حجر، تابعتْها سلوى فَزِعَةً إلى أن ارتطمتْ هنالك

بالرّصيف.

ولم يدر الولد ما حدث تمامًا، الولد الذي ظنَّ أن سلوى حاولتْ إمساكها، فاستدار نحو الباب ثانية، وراح يهبط الدّرج، الولد الذي لم يفهم صرخة سلوى، ولا انهيارها المفاجئ فوق المقعد الجلدي المزدوج، ورأسها بين أصابعها. سلوى التي راحتْ ترتجف وهي تتأمل يديها برعب وتهذي: لقد قتلتُها. كنت أعتقد أنها ستطير، أن لها جناحين. وقد رأيتها، ألم تر جناحيها؟! كانا واضحين، لماذا لم تستخدمهما؟! لقد وصلتْ بهما إلى هنا. أليس كذلك؟ هل كانت عاجزة عن الطيران إلى هذا الحدّ؟ هل كانت تعرف أنها ستعود للقفص؟

وفجأة انطلقتْ خلف الصّبي، عبر عتمة الدرج، مهرولة، لم تكن تعرف تمامًا كيف أصبح باستطاعتها نزول درج بهذه السّرعة، لقد وصلتْ إلى حيث الحمامة، وكأنها لم تكن تستخدم قدميها. وصلتْ كما لو أنها قد هوتْ. وخلفها لم يكن عبد الرحمن قادرًا على فعل شيء. سوى أن يصل إلى الشُّباك، ليراقبها وهي تبتعد إلى غير رجعة، هكذا ظنَّ. من يخرج بهذه الطريقة لا يعود. لكنها وقفتْ هناك على الرّصيف وبيدها الحمامة، الحمامة التي استلّتها من بين يديّ الصَّبي، وراحت تنفخ في فمها، محاوِلَةً إنقاذها. وجاء صوت عبد الرحمن من الطابق الثالث: ماتتْ؟!

- لأ.. لسّه!!

لكن سلوى، لم تُدرك لحظتها، أن سقطةً كهذه لن تعيد الحمامة إلى جناحيها من جديد.

تنفَّستِ الحمامةُ، رفَّتْ، فتحتْ عينيها. وكأنها أرادت أن تقول شيئًا، شيئا مهما لم تفهمه سلوى.

أعادتها للصبي.. وراحت تصعد الدّرجات بغير الخفَّة التي صعدتها بها أولَ مرة.

حاول عبد الرحمن أن يجعلها تهدأ، جلس إلى جانبها، حاول أن يُربِّتَ

على كتفها.

- كنا فرصة نجاتها الوحيدة. لكنني دفعتها لتتهشَّم هكذا ببساطة. دفعتها بيدي هذه.

وصفعتْ يدَها. كما لو أنها (لينا). تنبّهتْ لما تفعله: لقد جُننتُ!! لا، (لينا) لم تكن مجنونة، لكنني صرتُ مثلهم.

***

وكان ينبح. صوَّبَ أحدهم المسدس نحوَ فمه.. وظلَّ ينبح. وقال عمي: أترك لها الكلب.. سلوى تحبّه.

وها أنا أعيد كلّ شيء، كأنني لم أقل لك شيئًا. أعيده كي تسمع. وامتدتْ يدها إلى المخطوط.

- اهدئي سلوى.

وامتدتْ يده فأغلقتِ النافذة.

***

- أَوَ كان عليه أن ينبح، وأن يكون بطلًا. لو كنتُ سلوى لعرفتُ أنني أُعِدّه، ذلك الجرو الجميل الذي استللته من بين أيدي الأولاد ذات ظهيرة، لنهايةٍ أكثر قسوة من الحبال المُطبقة على عنقه، كما لو أنه جمل هائج.

لم ينبح لأيام، لشهور، وكنتُ أحدِّقُ فيه وأسأل: هل كان انتزاعي له من بين شروط حياة الكلاب سببا كافيًا ليقترب من الحالة الإنسانية إلى هذا الحد؟؟

لماذا كان عليه أن ينبح، أن يندمج في الدَّور الجديد الذي وفّرتْهُ له ظلال البيت، وأن يتمادى كثيرًا، إلى تلك الدرجة التي يحقّ له فيها أن يكون بطلًا؟ ومن أجل مَنْ؟ مِنْ أجل سلوى الخرساء.

كان هائجًا.

وقال عمّي: أرجوكْ أُترك لها الكلب.

وقلت: من أين جاءته هذه الطيبة؟!

لقد طردتُه. قلتُ لكَ ذلك، ألم أقلْ لكَ أني طردته. أين الأشرطة؟ طردتُه بقسوة، بالقسوة اللازمة لطرد أيِّ كلب، لكنني فوجئتُ ثانية به في الحوش، مُقعيًا في مكانه المعتاد. عندها أحسستُ أنه لم يكن ابن حياة.

ودوّى طلقٌ ناريّ. ركضتُ نحو النافذة. أشرعتُها، كان هناك. يلاحق دجاجةً وصيصانها، وخلْفه يجري غاضبًا الدّيك.. وعمّي يعبر بوابة الحوش، في يده شيء ما، ملفوفٌ بعناية. بدأ بانتزاع الورق من حوله، وراح يتحدّث بفم كبير.. ليس فمه. وبحثتُ عن الطلقة فلم أجدها.

- لقد حُلَّتْ مشكلةُ الكلب.

وفي أقل من لحظة أخرج عصابة سوداء محاكة بإتقان، والتفتَ إليّ..

- لم أجد حلًا أفضل من هذا. كي يبقى الكلبُ لكِ. قال لي.

***

وكنتُ أنبح.

كنتُ أنبح رغم العتمة المدفوعة بقوّة زمن ليلي كامل إلى عينيّ، وأخاف على الكلب، على الصِّيصان، الصِّيصان التي قَتلتُ ببراءتي سبعةً منها، لأنني كنت أحاول مساعدتها على الخروج من البيض.

- يا مجنونة. كيف تفعلين ذلك. ألا تعرفين أن الصُّوصَ الذي لا يخرج بقوة رجليه ومنقاره وأجنحته يموت؟!

***

لكن الكلب نبح،

رغم العصابة المُحْكَمة حول عينيه.

وأنا نبحتُ،

رغم الليل.

وتساءلتُ: هل الصّوصُ أفضل مني؟ وأخطأتُ ثانية، فجئتُ إليكَ.

كم مرّة عليّ أن أعيد الحكاية حتى تفهمها؟ هل أعيدها للأشرطة ثانية، لآلة التسجيل أيضًا؟!

***

السّت زينب كانتْ أكثر جرأة مني بكثير؛ قالت لأبيها: لا أريد الكفـن، ولا زوجي يريده. لا أريد مناشف الموت هذه.

كانت العادة في بلدها تقضي بأن تكون مناشف الموت جـزءًا مـن جهـاز العرس؛ تخبئه هناك بعيدًا بين ملابسها، دون أية سوداوية قد توحي بها كلمة كَفَنٍ أو كلمة موت، حين نسمعها نـحن هنا، أو في فلسطين.

قالت له: أبي، لا يلزمنـي كفـن، ولا يلـزم زوجـي أيـضًا، أعطـوه لأي شخص تريدون. نـحن لن نـحتاج إليه أبدًا. أبي ، أنت تعرف ما يدور هناك في فلسطين، إذا مُتنا شهداء فلن يلزمنا، لأنهم يدفنون الشهيد بـما عليـه مـن ملابس. صَحْ ؟!

- صح والله!

- وإذا لم نمتْ شهداء، فإننا سنعيش طويلا إلى درجة سيبلى فيها الكفـن قبل أن نستعمله!

ولم يناقشها.

***

- أحببتُه منذ أن رأيتُه، وأحبني. قالت لي السّت زينب.

وقال لها: كل ما حلمتُ به في حياتي وجدْتُهُ فيكِ.

- أعترفُ لكِ يـا سـلوى، لم أَحِـنّ لأيّ شيء ورائـي وأنـا معـه، سـوى للياسمين. قالتْ لي.

- كان قد جاءنا متسلّلا عبر الحدود لـشراء أسـلحة للثـوار. وأبي كـان حلقة الوصل، لا، كان أكثر من ذلك، أبي الذي أحبه أيضًا.

ونهضت السّت زينب.. اتجهتْ نـحو البرواز الذي يجمعُ أربعَ صـور في دوائر محفورة بعناية داخل ورقة مقوّاة. تناولتْه من فوق الطاولة.

- هذا أبي، علاء الدين، أنا، وهذا.. تعرفينه!!

وصمتتْ وهي تتأمل البرواز طويلًا.

***

- أنتَ تعرف الكثير عن السّت زينب الآن، كما تعرف الكثير عنّي. أليس كذلك؟

ولم يُجِب عبد الرحمن.

كان يفكر بالخروج من المأزق. أن يرفع الهاتف ويتّصل، ويستفسر عن كلّ ما يحدث معه الآن. لكن الاتصال من الغرفة، غرفة المكتب نفسها أَمرٌ مستحيل بوجودها.

وقدّم له الشريطُ الذي انتهى، الفرصةَ التي ينتظرها.

- سأنزل لشراء أشرطة. لم أكن أظنّ أن جلستنا ستطول إلى هذا الحد!

هزَّتْ سلوى رأسها.

- ولكن، اشتر ما يكفي لأننا لم نزل في البداية.

إلى أقرب هاتف وجد نفسه يمضي مسرعًا. إلى دكان بيع العصافير على الزاوية المقابلة للمكتب تمامًا. جاءه الصوت من الطرف الآخر: اتَّصلْ بعدين!!

وحين استدار ليخرج، أحس فجأة بالخطأ الكبير الذي ارتكبه.

- ماذا لو كانت تنظر إليَّ من الشُّباك.

رفع نظره إلى الأعلى، باحثًا عن خيال خلف النافذة.

لم ير شيئًا.. وربما يكون ذلك هو السّبب الذي دفعَه لشراء كميّة أكبر مما كان يريد من الأشرطة؛ ربما كان ذلك هو السبب الذي دفعه للعودة سريعًا، حتى لا تشكَّ سلوى بشيء.

- لم يكن عليك أن تصعد الدّرج بهذه السّرعة. قالت له.

وكان يلهث.

وفي محاولة لأن يبدو لطيفًا قال: خفتُ أن تهربي.

- إن لم تهربْ أنتَ، لن أهربَ أنا! ردَّتْ.

وفكّر: "ما الذي يجعلني أعود فعلًا، لقد خرجتُ وكان بإمكاني أن أرتاح من كلّ هذا الهذيان".

لكنه لم يندم، كانت قد أصبحت أقلّ توتّرًا في تعاملها معه، وكأن ما قالته له يكفي لأن يكون جسرًا لعبور الواحد منهما بيسر أكبر في اتجاه الآخر.. في اتجاهها.

***

- لم تكن السّت زينب شخصيّة عادية، ورغم أنني كنت أفاجئها بزيارتي أحيانًا، إلا أنني كنتُ أجدها في كامل أناقتها البسيطة، كسيدة على وشك مغادرة المنزل.

في البداية كنتُ أعتذر:

- يبدو أنكِ خارجة، سأعود مرة أخرى.

- لا.. اطمئني.. أنا لا أغادر البيت إلا نادرًا.

- لا تغادرين البيت.

- أجل.

.. لم أر امرأة أكثر اكتمالًا منها، هل قلتُ لك ذلك؟

تلفَّتَ عبد الرحمن حوله، ولم تكن سلوى هناك، كان وحيدًا في البيت، بيته. وعلى وشك أن يجيبَ على سؤالها. لقد جُننتُ.

***

في محاولة للخروج من كابوسه، قرر عبد الرحمن اتّخاذ خطوة فيها الكثير من المغامرة: زيارة الست زينب نفسها، دون أن يأخذ رأي أحد. كان عليه أن يفعل ذلك من البداية، هكذا فكَّرَ، لم يكن يعنيهم أن تختفي. كان يعنيهم ألّا تتكلّم، أو أن يحسَّ كلُّ من يسمعها أنها مجنونة على الأقلّ، هذا كلّ ما في الأمر. وكان يعنيه أن ينشر روايته، روايته الأولى، دون أن يخرج من يقول شيئًا ضدّها.

في كامل أناقتها البسيطة، وكسيدة على وشك مغادرة المنزل، وجدها

عبد الرحمن، تمامًا، كما وصفتها سلوى.

- لقد خذلتَها. قالت له. خذلتَ سلوى.

وصمتتْ طويلًا، حتى بدا وكأنها لن تضيف كلمة أخرى، إلى أن قال: لم تفهمني.. لأنها لم تُدرك الفرق، ربما، بين الكتابة والوثيقة!

من قعر الـجُبِّ، انتشلتْه جملتُه.

كانا واقفين أمام الباب.

- فَرِحَةً كانت سلوى، عندما عادت بعد لقائـكَ. قالـت لي: "كـل مـا تحمَّلتُه، أحس الآن أنه لم يذهب هباء، لقد كنتُ ميتة وها أنا أولد أمامكِ من جديد".

بعد ذلك أصبح كلام السّت زينب عتابا، أكثر منه احتجاجًا.

لكنها فجأة اختصرتْ أسئلتَه التي لم يطرحها. وهي تقول له:

- أفتقدُها، أفتقدُها كثيرًا.

هل يُعقل ألا تكون عارفة بمكان وجودها. تساءلَ. ولكن شيئًا ما، شيئًا من الحسرة والألم، في بحّة صوتها، كان يدعوه لأن يُصدِّق.

وأخيرًا، وجد المدخل.

- يمكنني أن أحضر لكِ الأشرطة، الأشرطة كلَّها.

- دعها لديكَ.. فسلوى هنا.

وأشارتْ إلى صدرها.

بعد وقت طويل قالت له: تفضّل. وأفسحتِ الطريقَ، تاركةً له الفرصـة ليُلملمَ خطاه ويمشي وراءها.

- هل ستكتبُ حكايتَها من جديد؟

كان كلامها شرْطًا أكثر منه سؤالًا.

- لا أستطيع إلّا أن أكتبَها.

- ما دامت سلوى هي التـي جمعتْنـا، فـان ذلـكَ يُلزمنـي أن أقـدِّم لـكَ

نصيحةً.

- تفضلي.

وعادت إلى صمتها. حتى ظنَّ أنها قالت ما تريد قوله.

- إذا أردتَ الكتابة عن سلوى جيدًا، فإن عليك أن تستمع إلى الأشرطة، مرَّة، اثنتين، ثلاثًا، إلى أن تُحسَّ بأن سلوى لم تعد في الأشرطة، بل انتقلتْ وأصبحتْ فيكَ، عندها إنسَ الأشرطة، واكتُبْ سلوى التي تُحسُّها، هذا كل ما يلزمكَ.

وأفرحه أنها لم تزل قادرة على أن تثق به، ولذا، قرر أن يمضي في مغامرته إلى مسافة أبعد.

9

خارج سطوة الفصول وتقلّباتها، يجري نهر البشر كاسِحًا ضِيْقَ الأزقة ونحول الطّرقات، السّاحة العامة للحافلات وبائعي الفواكه والألبسة، والعاطلين عن العمل.

خارج سطوة الفصول يجري، غير عابئ بالغبار الكثيف الذي تُطلقه الأقدام في تقاطعها المحموم، غير عابئ بلزوجة الصّيف الطينيَّة، ولا بطين الشتاء الثّقيل، أو تلك اللمسة الحزينة التي يمرّ بها الخريفُ على الدّوالي وأشجار التّوت ويُخلّفها وحيدة، كما لو أنّها لم تتذوّق يومًا طعمَ فَصلٍ غضٍّ يُسمّى الرّبيع.

تختلط الفصول في كلّ لحظة، باختلاط الناس، وغربتهم عن أنفسهم وعمّن سواهم، والمخيم لا يتوقّف عن الاتّساع.

تتبُّعُ أخبارِ (خميس) لم يكن بالسّهولة نفسها، التي وصل بها عبد الرحمن إلى بيت السّت زينب، أو إلى عمّ سلوى والطبيبة.

ولم يكن متأكدًا لماذا يبحث، وكلّ التفاصيل لديه. لكن الشيء الذي بدا أنه متأكد منه أكثر من أيّ شيء آخر، أنها تتابعه وأنها لا ترفع نظرها عنه.

***

أمس، أحسّ بذلك أكثر من أيّ يوم مضى، كان مدعوًّا لإلقاء محاضرة حول حق اللاجئين الفلسطينيين بالعودة إلى وطنهم بمناسبة الخامس عشر من أيار، كانت الصّالة تغصُّ بالبشر، شباب، ونساء، وبعض الشيوخ

والمخاتير الذين احتلّوا مقاعد الصفِّ الأول، ولم يمْهلـه أحـدهم أن يُكمِـل كلامه، حين قاطعه في منتصف محاضرته ليسأله: ولكننا نريد أن نعرف بدقّة، فيما إذا كان التّعويض عما لِحقَنا سيُدفعُ للأفراد مباشرة أم للحكومات؟!!

- للحكومات طبعًا! أجاب بغضب، كـما لـو انّـه ينـتقم مـن الـسّائل. السّائل الذي ما لبث أن غادر القاعة غاضبًا فور سماعه الإجابة!

وأحسّ بأنها هناك تراقبه.

كان يرتدي سترة ترابية، يمكن أن تلائمها ربطة عنق خضراء مـصفرَّة لم تكن تزيّن عنقه، وبنطالًا بنيّا بسيطًا، بحيث بدا بعضُ الحـضور أكثـر أناقـة من المحاضر، أفرحه ذلـك. ولاحـت لـه ملامـح شـبيهة بملامـح سـلوى. الإضاءة الشّحيحة لم تمكِّنه من أن يرى جيدًا. لكنه أصبح شبه متيقِّن من أنها هناك. ولذا، ما إن انتهت المحاضرة وبدأ سيل الأسئلة حتى فاجأتـه جرأتـه، وكلامه الذي تخطّى الكثير من الخطوط الحمراء.

فقط لو تطمئن، فقط لو تكشفَ هذه اللحظة عن وجودها. ولكن، ماذا لو نهضت فعلًا وفاجأتكَ بسؤال؟ سأل نفسه وأرعبه عجزه عن الإجابة.

ثلثُ الحضور غادر القاعة قبل انتهـاء النقـاش، واختفـى الجالـسون في الصفِّ الخلْفي ومعهم تلك الملامح الغامضة، لكن الشيء الوحيد الذي كان يحرص على متابعته بعدها: عقارب سـاعته. وكلّـما مـضت الـدقائق نـحو زمنها القابع بانتظارها هناك، كانت تغدو إجاباته أقصرَ أكثرَ فأكثر.

كان أول ما فعله عند مغادرته القاعة، أن ألقى نظـرةً في كـلا الاتجـاهين باحثًا عن تلك الملامح، ولكن، دون جدوى.

الآن، عليه أن يُسرع ما استطاع للوصول إلى موعده التالي بـسرعة، كـي لا يخذل مُضيفه الأمريكي الذي يدعوه لبيته للمرة الأولى.

حين انطلقت السيارة به، وانطلق بعيدًا بها نـحو العاصمة، فكَّر:

- كلّ شيء، قبل أن ألتقيها، كان أفضل.

***

- خميس؟!!.. لا نعرف أحدًا بهذا الاسم.

كانت الإجابة جاهزة، قبل أن يسأل، وكلما سأل.

- تقصد خميس المجنون!! لم أتصوَّر رجلًا عاقلًا يسأل عن خميس المجنون، سامحني.

- أين يمكن أن أجده؟

- لا أحد يعرف، عليكَ أن تسأل. لكنَّكَ لن تجده في المكان الذي تعتقد أنه فيه!

***

- كان يصمتُ في غياب (لينا)، وإذا كان علينا أن نُحدِّثه، فيجب أن ننتظر حتى المساء، حتى تأتي، عندها، يمكن أن يتكلَّم ويفيض. قالتْ سلوى.

- لا أريد أن أخدعكم، لا أستطيع التركيز، لا أستطيع سماعكم الآن؛ ذلك الجزء المتبقِّي من العقل هنا. ويشير إلى رأسه. لا يعمل كما يجب إن لم تكن (لينا) حاضرة.

***

- نريد وجوهًا جديدة، مخلصةً لقناعاتها، وجوهًا يثق الناس بها، وتَفَضَّلْ اكتبْ ما تشاء؛ ربما كنّا ارتكبنا أخطاء كثيرة في السّابق، تفضَّلْ وصححها؛ في أية وسيلة أعلام تريد أن تكون نوصلك إلى هناك وبالمظلة؛ لكن تَذَكَّرْ، لسنا وحدنا الذين أخطأنا، الكلُّ أخطأ! حتى الناس، على ما في هذا التعميم من عدم دقة.. قديما كانوا يُحمِّلون الاستعمار تبعة ما حدث ويحدث لهم، واليوم يحملوننا ذلك.. ينسون أنهم يتحمَّلون هم أيضًا المسؤولية. تقول إنك كاتب مُعارض، يا سيدي تفضلْ عارِضْنا، وعارض الناس أيضًا. إن مسايرة الناس أسوأ بكثير من مسايرتنا! وقمعهم للرأي الآخر، لا يوازيه تحفُّظنا على بعض الأشياء! واطمئِنْ، ليست هناك خطوط حمراء.. يعني أكتب زي ما بدَّك. قال له رجل المخابرات الكبير.

***

- مستندا إلى وصفكِ لمكان البيت، بيتكِ، أقول لكِ إننا لم نكن نسكن بعيدا عنكم، وربما كنتُ مررتُ من حارتكم عشرات المرات. قال لها عبد الرحمن.

- كم عمرك؟ سألته سلوى. ولم تنتظر إجابته: على أيّ حال، كلّ فتى يصغرنا لم نكن نراه!

وابتسمتْ

هي واحدة من المرّات القليلة التي ابتسمتْ فيها خلال ذلك اللقاء، ابتسامتها التي لملمتها بسرعة كما لو أنها تعتذر.

- كل ما يحدث، كان يحدث لسبب واحد فقط، هو ألّا نرى!

وصمتتْ.

- لكنني رأيتكَ فيما بعد!

- أين؟

- في الشّوارع، وسط البلد[3]، أما زلت تمشي هناك؟

- لا، أقل بكثير. قال عبد الرحمن.

- خسارة، كنت أشاهدكَ من شبّاك الحافلة أو شبّاك سيارة السّرفيس، وأغار منكَ.

- تغارين؟!

- نعم، كنت أحسُّ بأن الشارع لك، ولي نصف ذلك المقعد في الباص. وكنت أحبُّ كتاباتك.

وصمتتْ.

- وكنتُ أغار من خميس. أضافتْ. لكنني كنت أخاف عليه. خفتُ عليه لاحقًا. أما في البداية، فلم يكن أكثر من شخص خفيف دَمٍ أشتري منه

---

[3] - قاع المدينة.

الفلافل والفول والحمُّص، لكن ذلك تغيّر حين جاء الخامس من حزيران.

***

- الكلب أيضا خفتُ عليه، حين رفض أن يصمتَ حتى بعد أن غطوا عينيه بتلك العصابة السوداء.

***

- ارتفع المذياعُ إلى السماء، وهوى. وفجأة كفَّ عن تكرار تلك الأغنية التي كانت السّبب في تهشُّمه. وتقافز خميس فوقه حتى سحق أجزاءه كلَّها، بحيث أصبح من الصّعب على المرء أن يعرف أصلَ ذلك الحطام؛ وكما لو أنّ الأغنية لم يعد لها مكان تسكنه في هذا العالم، فَرِحَ خميس، لكنها قفزتْ، الأغنية! فإذا بها تُقيم في فمه نفسه، وتُطلُّ برأسها طَوال الوقت من أعماقه..

في تلك الأيام المليئة بالترقُّب، وحين كانت الإذاعات مشغولة بحياكة أقواس النصر، كان مذياع خميس قد تخصّص في بثِّ تلك الأغنية، كما لو أنّه لا يحفظُ سواها..

.. في الصباح تسمعها، ظُهرًا، عصرًا، مساءً. الأغنية ذاتها. وكنا نحتار أمام القدرة العجيبة لمذياعه على ترديدها، واستحضارها على ذلك النّحو، مثل أي آلة تسجيل!

إحنا عرب شجعان..

ما حدِّ فينا جبان

ويدوي صوت خميس متتبِّعًا صوت المغنّي.

بالنَّخوة والإيمان

بالنَّخوة والإيمان.

نحمي الحِمَى والدّار

يا ويل عدوِّ الدار...

يا ويله يا ويله يا ويله

فول.. فلافل.. حمص.. بقدونسيّة!!

***

- خميس؟!

- خميس لم يُجن، لكنه كان يريد أن يفهم لماذا واصلوا انتهاكه إلى ذلك الحدّ دون أن ينتبه. كان يريد أن يفهم، ولم يكن عقله كافيًا، كان عليه أن يُطلق عينيه، يديه، قدميه، لسانه، قلبه، عنقه، شَعره، كل أعضائه، لتعمل بأقصى طاقاتها من أجل شيء واحد: أن يفهم.

- يا ويل عدوِّ الدَّار

يا ويله..

***

- أشاح الجنود بوجوههم بعيدًا، حين تقافز أمام عرباتهم. حين تجاوز الحدود، وصعد إلى مقدِّمة إحداها:

إحنا عرب شجعان

ما حدِّ فينا جبان

حين خلع قميصه وأخذ يلوِّح به:

- بالنّخوة والإيمان

نِحمي الحِمَى والدّار..

.. حين تجمَّع الناس، وتوقّف الرَّتل وسط الطّريق، مجللًا بغبار الهزيمة المُرّة.

لم يكن في عينيّ أحد من الجنود قوّة تساعده على أن يلتفتَ إلى خميس ليقول له: اصمتْ، أو يد تدفعه وتُلقي به بعيدًا إلى الرّصيف الغارق في الذّهول.

كانت تلك لحظات خميس..

زمنه الذي لن يتكرّر على ذلك النّحو دون أن يدفع الثمن.

***

أتساءل الآن، ما الذي فعله خميس بعد ذلك، ما الذي يفعله الآن، بعد "تلِّ الزَّعتر"، "صبرا"، "وشاتيلا"، "بيروت"، "حرب الخليج"، "مدريد"، "أوسلو"، "غزة" و "أريحا أولًا"؟ بعد...؟

***

- يا سلوى، مُشكلتكِ أنه لم يزلْ لديك حتى الآن قليل من العقل.

***

تقافزَ أمام جندي رآه بعد ذلك في الشّارع:

- بالنّخوة والإيمان..

نِحمي الحِمى والدّار

- كفْ شرَّك عنّي، من شان الله! قال له الجندي.

***

كانت الجراح قد بدأت تهدأ، لكن جرح خميس ظلَّ مشتعلًا.

- لماذا كنتُ غبيًّا إلى هذا الحدّ؟ يسألني.

***

دفعه الشّرطي بعيدًا، قبل أن يخلعَ حزامه، وينهال عليه ضربًا وسط الشارع، أمام أعين الناس. كان خميس قد رآه من خلف صاج الفلافل فاندفعَ وراءه يغني.

- يا ويله يا ويله يا ويله!!

***

- تضربني؟ تضربني؟ لماذا؟ أنا أُغنّي!

- غنِّ غيرها يا ابن الكلب!

***

- أصبحنا أصدقاء، حتى قبل أن تختفي الأغنية من فمه لتسكنها أغنية ثانية بين حين وآخر.

- لماذا توقّفوا عن بثِّ تلك الأغنية يا سـلوى؟ ضـعي هـذه الرسـالة في البريد.

حملتها، وقـرأتُ على المغلف (برنامج ما يطلبه المستمعون- الإذاعة).

***

- هذه الأغنية ليستْ ممنوعة، هذه الأغنية تبثّها الإذاعة، وأنـا حـرٌّ في أن أغنّيها كما أشاء، وحيثما أشاء.

- ليس هذا وقتها يا ابن...

***

- وظل يُغنِّيها.

يركلونه وهو يُغنّيها.

يصفعونه وهو يغنّيها.

يُعلِّقونه من يديه

من قدميه

يدخل الغيبوبة وهو يغنّيها

يصحو وهو يغنّيها

انهالوا على فمه، وهو يغنّيها.

تورَّمت شفتاه، وهو يغنّيها.

نـزفتا..

تساقطتْ أسنانُه، وهو يغنّيها.

***

- ألم تتمنَّيْ أن تسيري في الشوارع بكامل حرّيتك وأنتِ تضعين يدك في يد أيمن؟

بكيتُ

- يا سلوى، شوارعك ...

***

واحنا عرب شجعان.

ما حدّ فينا...

***

- أوعي اتفكريني جاهل، لأنّي بياع فلافل، لأْ يا سلوى.

ويصمتُ.

***

ناوله أبو ثائر، أحد جيراننا في الحارة، بيانًا حزبيًّا، تصفَّحه: ما هذا؟ بيان؟

- وطّي صوتك!

وحين استدار الرجل، راح يلفُّ بالبيان خمسة أقراص فلافل لأحد الأطفال، ثم نادى : أبو ثائر.

توقف الرجل: ما لكْ!

- بيانك (...) لا شيء، محظورة!!!

شمس ما كانت تبزغ في تلك الفترة، لكن ضوءها لم يكن من السَّهل أن يصل إلى قلب خميس، خميس الذي أصبح مدمنًا كاملًا، لكنّه في لحظات صحوه القليلة، سمع أن ذلك الحزب لا يريد المشاركة في الكفاح المسلّح.

ذهب إلى بيت أبي ثائر في أواخر الليل!! طَرَقَهُ بجرأة رجل أمن، وحين أطلَّ الرجل مرتبكا قال له: نضالك استمناء!

***

- صباح الخير!!

- يا أخي قولها بنِفِس، من قلبك!

صباح الخير، مساء الخير، كيف حالك، مبسوط، الحمد لله، نعمة كريم، كلّه استمناء في استمناء.

وأصبح مُخْرِجا للجميع، قبل أن يختفي، ويعود ثانية، ولكن برفقة امرأة، ويحتلّان بيت الدرج من جديد، ورغم هيئته المزرية تمامًا، إلاّ أن فَرحا كان يلوح في عينيه، وفَرِحَ سكانُ الحارة: كان يجب أن نُـزَوِّجه من زمان!

لا أحد، حتى ولا أنا، أنا التي تتحدّث معك الآن، سلوى، فكَّر للحظة أنها ليست زوجته. لكن حركتَها تلك، أقصد صفْعَها الدائم ليدها اليمنى وتوبيخها لها بأبشع الألفاظ، كما لو أنّها تريد تأديبها، كان يأتي بالكثير من المشاكل، ويستثير شيطنة الأولاد..

اعتَدَلَ حين رآني.

– سلوى.. سلوى.

اتَّجهتُ نحوه، نهض، وضع قارورة البيرة على طرف الدّرج، مسح فمه بطرف كمّه، نفض الغبار عن ملابسه.

– سلوى.. مشتاقلك؟

– وأنا كمان!

وابتسم بفخر: اسمحي لي أن أقدم لكِ لينا!

– لينا!! أهلا لينا.

هزّتْ رأسها مزمجرةً: أهلًا.

وأشاحتْ بوجهها بعيدًا حين مددتُ لها يدي.

– وين هالغيبة؟ سألتُه.

– مش مهم وين! المهم أن خميس غاب وجاب، مزبوط؟!

– مزبوط.

وكان يشير إلى لينا، لينا التي انفجرتْ فجأة:

– بتحكي مع البنات!! وقدَّامي!!

– هذه سلوى يا هبْلَة، مش عارفاها؟!

ووجدتُ أن أحسن طريقة لإنهاء الخلاف، أن أنسحب بأقصى سرعة.

فانسحبتُ.

وسمعته يتمتم خلْفي

- أولاد الكلب. مش لاقيين محل (يشخّوا) فيه و (يخْروا) إلاّ بيتي.

- وحِّد الله يا خميس..

جاءه صوتٌ من أحد الشبابيك المحيطة ببيت الدّرج.

***

في الطريق إلى بيت مُضيفه الأمريكي جاءه صوتها ثانية: أين هذا الكلام؟!!

كان الشيء الوحيد الذي يُشغله هو أن يتخلّص من هذا الصوت: صوت سلوى، لكي يتمكن من قضاء السّهرة براحة، بعيدًا عن حصارها له..

وشغله البحث عن مكان يمكنه التوقّف فيه للحظات، دون أن يجلبَ انتباه أي دوريّة من دوريات الشّرطة المستنفرة باستمرار، بسبب وبلا سبب.

- ممن يخافون، سأل نفسه؟ هل بقي ما يخشونه على طول هذه البلاد وعرضها؟!

توقَّفَ دون أن يدْري، هبط من السيارة، فتح صندوقها الخلْفي، خلع سترته الترابية، تناول ربطة العنق الخضراء المصفرَّة من الصّندوق؛ وبمهارة كبيرة طوَّقَ بها عنقه، عدَّل وضعها دون أيّ حاجة لمرآة، ثم تناول الجاكيت البُنيَّ، ارتداهُ، وأحس للحظة بذكاء فكرته، بهذا جنَّبَ نفسه العودة للبيت لاستبدال ثيابه!

وحين أشرع باب السيارة، واشتعل الضوء بصورة تلقائية، ألقى نظرة سريعة على نفسه، رفع رأسه، حدَّقَ في المرآة، اطمأن لمظهره، أغلق الباب، وواصل طريقه.

***

كان العشاء مُقاما على شرف كاتبين أمريكيين، يزوران المنطقة بترتيب

من سفارات بلادهما، في بيت الملحق الثقافي الجديد الذي التقاه عبد الرحمن قبل أسبوع في حفل افتتاح أحد المعارض الفنية، ولم يتردّد الملحق، اقترب من عبد الرحمن، قدَّم له نفسه وبالعربية: روبرتو. الملحق الثقافي الجديد في السّفارة الأمريكية، يسعدني التعرُّف إليك، سيد عبد الرحمن.

- تتكلم العربية جيدًا!

- شكرا، لقد أمضيت السنوات الخمس عشرة الأخيرة في العالم العربي. ثم إنني عالم ثالث، وابتسم: أمريكي لاتيني؛ قبل أن أكون أمريكيًا. ولكنك تعرف لا بُدّ من جنسية في النهاية تساعدك على الحياة في هذا العالم! وعَمَل!!

ورغم أن عبد الرحمن لم يكن من أولئك الذين يتابعون فصول فضائح الكتّاب، إلا أنه سمع أكثر من مرّة نُتفا، كانت كبيرة أحيانا! مما قام به روبرتو في عاصمة عربية مجاورة. لقد استطاع في زمن قياسيّ ترويض عدد من الكتاب البارزين وغير البارزين، سواء عبر حفلاته الأسبوعية العامرة، التي كان يقيمها لهم في السفارة أو في فتح أبواب السّفر لزيارة أمريكا والتعرّف عليها عن قرب، بعيدًا عن النّظرة المسبقة التي تحكم آراء كثير من المثقفين في المنطقة!! يعرف عبد الرحمن أن روبرتو استطاع تحويل واحد من أهم المفكرين إلى سمسار، مهمته تشجيع الكتّاب على الرّحيل إلى أرض العمّ سام، وإعادة اكتشافها، كما لو أن كلّا منهم بمثابة كولومبس جديد؛ كما أن لطفه الزائد قد فجَّر عبقرية أحد الشعراء المحترمين! فكتبَ مقالًا طويلا يتغزَّل فيه بعشب حديقة السفارة، كما لو أن العشب اختراع أمريكي صِرف.

أكثر ما كان يخشاه عبد الرحمن أن يكون المكان مزدحمًا بكتّاب وصحفيين يعرفهم. ولكنه طمأن نفسه: "ليس ثمة فضيحة في الأمر إلا إذا كنتُ الكاتب الوحيد الحاضر".

- سمعتُ أنكَ مشغول منذ مدة بكتابة رواية؟

فاجأه روبرتو، الذي بدا أكثر اهتمامًا به من ضيوفه الرسميين. وأنصتَ الجميع فجأة منتظرين إجابته.

- من قال ذلك؟!

- ولو!! سيد عبد الرحمن، تسألنا باستغراب، وكأننا لسنا أمريكا؟!

وانفجر ضحِكٌ متواصل، قطعته -أخيرًا- جملة روبرتو الوَعْد: أكملْها بسرعة، فالفرصة مواتية لترجمتها هذه الأيام. ثم بالمناسبة، ألا تفكر بالتعرّف علينا عن قرب؟

- تقصد زيارة أمريكا؟

- تمامًا.

كان عبد الرحمن مستاءً من الحوار، بحيث أحسّ أنهم يعرفون حكاية سلوى معه، أكثرَ منه، ولذا أجاب ببرود: لم يحن الوقت بعد.

في الطريق فكّر: لقد كان الردّ أقسى مما يجب. بل إنه حملَ لهجةً معاديةً، تُضمرُ احتجاجًا. كان يمكن أن أقول مثلا: "شكرا لك. وينتهي الأمر، أو..."

وانشغل، إلى ذلك الحد الذي لم يعد تورُّطه مع سلوى أكثر من لعبة أطفال، إذا ما قورن بتورُّطه، في ذلك الرّد، مع أمريكا.

10

- رائحتُه تقتلني. قالت جدتي. لا أستطيع احتمال رائحته في هذا البيت.

غسلتُ لها الجدران، الملابس، الأغطية، قلَبتُ البيتَ، وتركتُهُ مُشرعًا للهواء والشّمس.

- لم تزل رائحته هنا. لم تزل رائحته تملأ المكان، وتقتُلني! قالت.

أربع سنوات كاملة ظلَّتْ تتنفّس تلك الرائحة، إلى أن ماتت. عندها، باع بيتها وعاد؛ لكنني لم أكن سلوى التي تركَها، سلوى الضعيفة التي تأكل القطّة عشاءها؛ سلوى القديمة ماتتْ، سلوى الجديدة تعرف الآن سبب طولها، جميلة، ولها حبيب: أيمن، سلوى التي أنهت الثانوية ونجحتْ، سلوى التي لم تكن بحاجة لأن تصرخ في وجهه كي تُحذِّره من الاقتراب منها، كان يكفيها أن تهمسَ في أُذنه لا أكثر.

- لكنه لم يفقد الأمل في أن تعود الأمور إلى ما كانت عليه، قبلَ جدتي.

ولم أكن قد تنفَّسْتُ بعدُ بكامل رئتي، وإذا بـ (حضرته) يأتي ليكمل المهمة.

***

- كم سنة مرَّت على استشهاد أيمن؟

- ألف سنة!

- متى رأيته آخر مرَّة يا سلوى؟

- أمس.. نعم.. أمس رأيته.

***

خلْفَه خروفٌ يتفلّتُ، محاولًا الفرار من مصيره. دفع بوابة البيت بكتفه وتجاوز العتبة.

- ما هذا؟

- سنذبحه، ونُفرِّقُ لحمه على الفقراء، أنسيتِ أن اليوم هو ذكرى استشهاد أيمن؟ قال عمّي.

ولم أكن نسيت.

- أيمن لا يريد منكَ نذرًا من أجل روحه.

- أنا لا أدفعُ شيئًا من جيبي.

قلتُ: أخيرًا اعترف.

- بمال قاتِلِهِ لن نشتري الخروف الذي سنوزِّعه من أجل روحه.

كانوا قد فتحوا ملفَّ تحقيق وعيّنوا لجنة كي تعرف من أيّ اتجاه جاءت الرّصاصة. وكالعادة، حين يُفتَحُ ملف وتُعيّن لجنة، فإن اللجنة تذوب وكذلك الملف، ولا يبقى سوى السؤال الذي لا يلبث نفسه أن يذوب، لتلعبَ شاهدة القبر دوره كسؤال أخير بلا إجابة أيضًا!

***

- وحين جهَّزتُ البيتَ، البيتَ الجديد، لم تقبل الذّهاب معي للسّكن فيه. قال أبو أكرم.

وهزَّ عبد الرحمن رأسه، وهو يراقب سيارة الشرطة تتقدّم بصعوبة وسط السّاحة، دون أن توقف سيل شتائمها: يا حمار إطلعْ على الرّصيف!

ولم تكن هناك أرصفة أبدًا لتلك السّاحة.

- لن أتركَ المخيم.

- قلتُ لها.. يا سلوى، المخيم هو كلُّ مكان يمكن أن تكون فيه، ما دمتَ خارج وطنك!!

لكنها لم تفهم. وكنتُ مضطرًّا لبيع البيت القديم، لإكمال البيت الجديد. فجاءت.

: لن أنام في أيّ من غرفه، سأنام في بيتِ الدَّرج! قالت.

- الله يرحمك يا خميس، لم يَرُقْ لكَ العيش إلا في بيت الدَّرج ذاك الذي لم يكن أكثر من مبولة الحارة. فصرختْ: خميس مات.

- لا.. لا أعرف، لكن حياته لم تكن أكثر من موت. كان ميتًا دائمًا. ولذا فإن الرحمة تجوز عليه.

قلت لها ذلك، ولم تفهم.

***

- لم تَبْنِ البيتَ لي، أو لكَ، أو لأخي هنا، أو أخي الذي هناك، بنيته ل(حضرته)؛ وهذا السّرير، السّرير الذي تحوم حوله ليل نهار، تنفضُ الغبار عنه، تمنعنا من أن نلمسه، لماذا لا تنام عليه؟!

- هذا ليس لنا، افترضي أنه مرَّ ذات يوم ليزورنا، وتأخَّر، وأحبَّ أن ينام عندنا، هل سينام على واحد من أسرَّتِنا هذه؟ لا. أنا لن أقبل أقلَّ من هذا السرير له، هل أُسوِّد وجهي معه؟! لا.

- ولكنه يفعلها معي هنا، فوقه.

- أنتِ مجنونة لتتخيَّلي ذلك كلّه، ولولاه، لكنتُ ألقيتُ بكِ بعيدًا إلى مستشفى المجانين، ومن أنتِ؟! اذهبي وحدِّقي في المرآة! إنه يشفق عليكِ من أجلي. ألم تسمعيه يومها حين قال بالحرف الواحد: (يا أبا أكرم، أنتَ في البال دائمًا، وجهودكَ معروفة تمامًا بالنسبة لنا، وعليك أن تعرف أننا ندَّخركَ لأوقاتنا الصعبة). أتعتقدين أن مَنْ مثله يقول هذا الكلام هكذا؟ لا، وما الذي أملكه حتى يجاملني مثل هذه المجاملة؟ وها أنتِ تقولين لي أنه يغتـ.. لست أدري كيف يمكنني أن أُكمل الكلمة. إن زيارته لنا لا تعني بأيّ حال وقوعه في غرامك يا ستّ الحزن، ولا أقول الحُسْن، إنه يُشفق عليكِ لا أكثر.

- ولماذا لا يشفق على الستّ زينب؟ لماذا لا يزورها؟

- هو حرٌّ، يُشفق على من يشاء! ثم هل بإمكانه أن يزورها بالرّاحة نفسها التي يزورنا فيها الآن هنا... آه؟! هل عليه أن يغوصَ في الوحل ليثبتَ لها أنه لم ينسها؟ ثم هل بإمكانه أن يدور على الأرامل ويواصل مواساته لهن دون انقطاع؟! إنه يرى فيكِ كلّ أولئك النسوة ربما، ثم مَن يدرِ، ربما يزور غيرنا!

- أكان عليه أن يَقتل فردًا من كلّ عائلة حتى يكون حنونًا على الناس إلى هذا الحد.

- يا سلوى هذا حكي كبير، تذكَّري أن اللجنة لم تصل إلى شيء. وأنتِ تعرفين، خطيبكِ لم يكن يعجبه العجب، لا التّنظيمات ولا الأنظمة، وعامل حاله جيفارا وأكثر. ومين اللي قتله، سبحانه- استغفر الله العظيم- ما بِعْرِفْ.

***

كأن ماء باردًا كان ينسكب بهدوء فوق جسد عبد الرحمن، ولم يكن متنبها لذلك في البداية، حتى وهو يواصل محاولاته إيجادَ ثغرة يصل عبرها إليها.

لكنه للحظة أحسّ: المسألة خطيرة حتى لو كانت كذِبًا.

وكان قد فكَّر من قبل وأطلق فكرته بصوت عال:

- أظن أن المكان غير مناسب لكلِّ هذا الحديث. كما أن صديقنا صاحب المكتب سيعود بين لحظة وأخرى، لم لا نذهب إلى البيت، بيتي، هناكَ الوضعُ أهدأ، ويمكننا أن نتحدَّث بصورة أفضل؟!

- كان عليكَ أن تقترح ذلك منذ البداية. أما وقد بدأتُ هنا. فغير مستعدَّةٍ للنهوض قبل أن أقولَ كلَّ شيء.

واستسلم.

***

- يا عمّي، الحارة بتحكي.

- الحارة بتحكي!! شو بتحكي؟ هل سمعتِ أحدًا ينبس بكلمة؟ قولي، إنني انتظرُ جوابكِ.

- لا.. لم أسمع. ولكن مَن يستطيعُ التّنفس، مَن يستطيع أن يرى وكل العيون مغطّاة.

- العيون ماذا؟!

- مغطاة، معصوبة. وعيناكَ أيضًا.

- اعقلي يا سلوى. أنا أرى الناس وأتحدّث معهم، إنهم غير مصدِّقين أنه ظلَّ وفيا لدم أيمن طَوال هذا الزمن؛ وأكثر من تنظيمه حتى. إن أسوأ كلمة يمكن أن تسمعيها الآن هي: انظروا ما أكبر قلبه. يا سلوى اعقلي.. ولنبنِ له قبرًا جيدًا على الأقل.

- في هذه، ربما كنتَ على حق، أعترفُ لكَ. لأنني أدركُ الآن أنه لم يَفُزْ حتى بقبر.

***

- طويلا فكَّرَ، قبل أن يصل إلى لون الجدران، لون الستائر، لون الأغطية، شراشف السّرير، المخدّات، السّجاد. ولأشهر ظلَّ يراقب التلفزيون دون توقّف، ويجمع الصّور.

كان يريد أن يعرف أيّ لون يطأ (حضرته)، وأيّ ضوء ذاك الذي يسطعُ في الأماكن التي يمرُّ فيها. أحضرَ عشرات المجلات، ولم يعجبه شيء.

- هذه أُعدَّتْ لمنْ رزقهم الله، لا لأولئك الذين اختارهم!

هكذا كان يرددُ دائمًا.

ولم تكن الغرفةُ غرفةً، كانت شبه صالة كبيرة، تضمُّ سريرًا فسيحًا كنصفِ ملعب، وثلاثةَ مقاعد مُذَهَّبة، ذات أرضيّات حمراء، أوسطها كان الأكبر؛ ومن السّقف تتدلّى ثريّا من تلك التي لا نراها سوى في الأفلام؛ ولم أفهم الأمر في البداية.

كان الحاجبَ ببابها، ومسؤولَ النظافة فيها، مديرها العام الذي لا يسمحُ لأحد بأن يُلقي أكثر من نظرة عبر الباب إلى محتوياتها، لكن ذلك الحرص كلّه، لم يُجْدِ، حين عبر ذلك الشتاء بثلوجه العالية، وراح يسترُ عورات الأرض، كاشفًا عوْرةَ عمّي التي لم تكن غير تلك الغرفة.

تسرَّبَ البرد رطوبةً، متخفيًا بورق الجدران، وفاحتْ تلك الرائحة القاتمة، القادرة على انتزاع الهواء من المكان، واختلطت الزوايا ببعضها بعضًا خلال أيام؛ قبل انسحاب البياض بعيدًا عن السّطوح. فقلتُ: جاء الثلج ليأخذ بثأري، أنا التي كنت أنتظر النار!

***

- طوال فترة ما بعد الظهر، كان أيمن معي في البيت، حاول النّهوض أكثر من مرّة، إلاّ أني، وفي كلّ مرّة كنتُ أطلبُ منه مواصلة الجلوس دقائق أخرى من أجلي. هل كان يُمكن أن يُقتَل قبل تلك اللحظة التي قُتِلَ فيها، لو تركته يخرج؟! هل كنتُ السبب في قَتْل أيمن؟ هل كان إصراري على بقائه فرصة القاتل الأخيرة لكي يهيئ بندقيته، ويلتقط أنفاسه بما يتيح له أن يُصوِّب، وأن يُصيب بكامل راحته. لكنني أؤكد لكَ أنني قلتُ له: انتبه يا أيمن. وكانت المناوشات تتصاعد، وكلما اندلعتْ شرارةٌ هنا أو شرارة هناك، هبَّت النّخوةُ لإخمادها؛ لكن البدايات كانت تتطلع لنهاياتها التي لن تَقبل بأن تكون أقلّ من مجزرة. لن أكذب عليك، لن أقول لكَ إنني سمعتُ صوت الرصاصة. ربما جاءتْ من مكان بعيد، ربما من مكان قريب. أنتَ لا تعرفُ أحيانًا من أين يمكن أن يأتي الرصاص.

فتحتُ له البوابة، البوابة نفسها التي اختبأتُ وراءها ذات يوم، وأنا أرتجفُ فَرَحًا؛ البوابة التي أشرعتُها لأراه قريبًا منّي كما لم يكن في أيّ يوم من الأيام؛ البوابة الفقيرة - لوح الصفيح المتآكل من أسفله، المُصاب بأكثر من خرق..

لم أكن قد لوَّحتُ له، لم يكن قد ابتعدَ لينظرَ خلْفَه كعادته، يبتسم، وترتفعُ يده في الهواء، بتلك الحركة الفَرِحة التي تشبه الجناح، حين رأيتُه

يعلو في الهواء ويهوي.

ركضتُ، تعثرتُ، صرختُ.

ولم تمهله الرصاصةُ ليقول: آه.

رحتُ أسدُّ الثّقبَ بيدي، وأضغطُ على صدره، نجحتُ، وقبل أن أنتبه، كانت بركةُ دم تتجمَّع تحته، باحثةً عن مسارب لها، تحاول أن تمضي به، أن تستلّه من يدي. أسندتُه، أَغلقتُ بصدري جرح صدره. هل تصدّق، كانت تلك هي المرّة الأولى، المرّة الوحيدة التي احتضنه فيها، وفي الشّارع، لأقولَ للجميع بأنه حبيبي، حبيبي الذي لا يحقُّ لي احتضانه إلّا في لحظة موت! وراحتْ أصابعي تبحثُ عن نبع الدّم الخفيّ، فاصطدمتْ بحفرة، حفرة كبيرة، لحم مفروم.

ووصَلوا...

تجمَّعوا فوق رأسي، حولي، أعداد هائلة من البشر، اندفعتْ كالنمل من كلّ مكان، كما لو أنها تعرف ما سيحدث، كما لو أنها كانت تراقبُ المشهد من بدايته، من شقوق النوافذ وثقوب الأبواب: قتلوه. صرختُ.

ولم يفهمني أحد.

- قتلوه.

وظلّوا واقفين هناك، أعمدةً من ملح، كما لو أنهم يرون الدّم لأوّل مرّة، هؤلاء الذين عاشوا فيه، وكنتُ أُلوّحُ في وجوههم بكفَّين ملطخين بالدّم والطين.

- قتلوه.

وراحتْ يداي بأصابعهما العشرة تغمرُ ثيابهم بالدّم، وجوههم، جدران بيوتهم.

- قتلوه.

وأعود لأغمسَ يديَّ ثانية في دمه، وأصبغ بوابات البيوت، نوافذها المغلقة، أعمدة الكهرباء الصّدئة، شحوبَ سماء تلك الساعة الفاصلة.

- قتلوه.

***

- كنتُ بعيدةً عن الحارة. ويلزمني وقت كي أصِل. قالت السّت زينب لعبد الرحمن. لكنني رأيتُ الدّمَ في كلّ مكان. أضافت.

***

- أنتَ لم تصدِّقني في هذه أيضًا!!

صرختْ سلوى، واتّجهتْ إلى ذلك المخطوط الذي نسيَتْهُ منذ سقوطِ الحمامة.

- صدَّقتَ تلك الطبيبة المجنونة؟ الطبيبة التي قالت لي: مشكلتنا واحدة مع الرجال، وكل ما يلزمكِ امرأة حقيقية تحبّك!!
أَصدَّقْتَها؟!

***

كان الوصول إلى الطبيبة، أكثر يُسرًا من أيِّ شيء آخر، لكن عبد الرحمن فوجئ بالسهولة التي تتكلّم فيها عن مريضةٍ من مرضاها. رحّبت به، وأكدتْ له أنها من قرائه.

- أغلبُ الظَّن أن تلك الحادثة واحد من كوابيس سلوى القاسية. ربما لم تستطع التعبير لحظتها عمّا في داخلها، هذه الحكاية- من وجهة نظري- ليستْ أكثر من محاولة توازن لا إرادية، لتُقْنِعَ نفسَها أخيرًا بأنها لم تصمتْ، ولذا فإن ما قالته حول كفَّيها، والدّم وآثار أصابعها العشر فوق كلِّ شيء، ليس أكثرَ من رغبتها في أن تفعل ذلك، وليس ما فعلته حقيقة. باختصار، مشكلة سلوى أنها صمتتْ طويلًا.

لكن عبد الرحمن كان يعرف هذه الحقيقة.

- أعترفُ أن ذلك حدث في البداية -قالتْ له سلوى- لكنني منذ أن وجدتُ السِّت زينب، منذ أن اهتديتُ إلى يدها، لم أعدْ قادرة على التوقُّف عن الكلام؛ وكنتُ أصرخ، ودائمًا كانت الصرخة فيّ، وأقول لهم: (حضرته)

ليس كما تتصوّرون. عمّي ليس كما تتصوّرون.

- يا سلوى، أن يعطفَ عليك إلى هذا الحدّ، فهذا يعني أن في الإنسان دائما بقعة ضوء! لنفترض أنه يحتاجكِ لتطهير ضميره. أعتى الطغاة -وهو ليس منهم- يفعلون ذلك. وقد سمعتُ مرّة عن إمبراطور أبادَ مدينة ومات قهرًا عندما ماتَ كلبه!

- أي ضمير يا عمّي؟

وأشرعتُ النافذةَ وصرخت: إنه يغتصبني.

- أغلقي النافذة لئلا يلفحكِ الهواء!

- لم لا يسمعونني.. إنني أصرخ!

- لو كان يغتصبكِ فعلًا لسمعَ الناس صرختكِ.

***

- في صوتكِ بحّة مذهلة يا سلوى. قالت الطبيبة لي.

- هذا لأنني لا أستطيع إغلاق فمي منذ مدّة طويلة.

- استريحي هنا.

ومسَّدتْ شعري.

- سأتركِكِ ترتاحين الآن، كوني مطمئنة..

وخرجتْ.

وصحوتُ على قبلةٍ هادئةٍ تطبعها على جبيني. فتحتُ عينيّ على ابتسامتها، وشفتيها المنفرجتين وذراعيها، وهي تشدّني نحوها.

- صحّ النُّوم.

- شكرًا.

- ما أجمل هذه (الشّكرًا). صوتك.. آه مِنْ صوتك يا سلوى، كيف يمكن أن يكون للمرء مثله؟!

***

.. وتُصدِّقهم!! انني كنتُ صامتة طوال الوقت. لا، لقد كان اهتدائي لفكرة قولِ كلّ شيء للناس، هكذا، دفعةً واحدة من خلالكَ، هو حلّي الأخير، حتى لا يُقال إن ما حدث قد حدث وسلوى صامتة.

***

كان عبد الرحمن يعبر حارة سلوى الأولى للمرّة الثالثة أو الرّابعة، ودائمًا في الليل، بعد أن أدرك أن ليس بإمكانه أن يعبرها نهارًا أكثر من مرّة واحدة.

خلفه خطوات سلوى، وفي المكان كانتْ تنتشر ذكرياتها: ثقوب أحدثها الرّصاص في عامود كهرباء، أو واجهه مدرسة، أو بوابة بيت.

- لقد عمَّرَ الناس بيوتهم التي هُدِّمتْ، ومسحوا آثار القذائف، وكان بوسعهم أن يسدّوا ثقبًا في باب، أو عامودٍ إسمنتي، لكنهم لم يفعلوا.. أعترفُ لكَ أن البشر يحاولون أن يمحوا الآثار الكبيرة التي تُذكِّرهم بفجائعهم، وأنا منهم، حتى يُظنّ أنهم تناسوا مصائبهم، لكنهم دائمًا يتركون في الزوايا المهملة بعض الآثار الصغيرة الأشدّ وقْعًا والأكبر معنى، تلك التي تختزل الحكاية كلها بتواضع جريح...

... عمّي، نفسه!! لم يزل يحمل في جيبه بطاقةَ عمله التي حصل عليها من شركة سكة حديد حيفا. جدّتي كانت تحتفظ بخصلة من شَعرها حين قصّوه أوّل مرّة، مئات الناس يحتفظون بمفاتيح بيوتهم في فلسطين، على الرغم من أنهم يعرفون أن أبوابهم حُطِّمتْ واختفتْ من زمان، وانظر إلى تلك القروش التي لم يعد لها قيمة الآن، القروش المثقوبة من وسطها -عِملة فلسطين- ستجدها مشكوكة بخيط من القنّب، كما وجدتُها أنا، ومخبأة بعناية؛ لا أشك لحظةً أن أمي هي التي فعلتْ ذلك، لكنني لم أر جُنيهًا ورقيًّا واحدًا.

***

ومرّ عبد الرحمن في الحارة الأولى، مرّ عبر الشارع الذي ينتهي بجدار يدفعه ثانية للعودة من الاتجاه الذي جاء منه، فأحسّ أنه ليس أكثر من

غريب. كما لو أن الحكاية نفسها تطرده وتطوِّح به للبعيد، بعيده الـذي غـدا فيه.

- إذا أردتَ أن ترى آثار أصابعي، فإن عليكَ أن تمتلك القـدرة الكاملـة على أن تعيشَ ما عشتُه، وعليكَ أن تُصدِّقني قبلَ كلّ شيء.

.. الآن أُدركُ مأساتي! ها أنا أحكي بالحرقة نفـسها -دون أن أنتبـه- مـا سبقَ وأن قلته للشّخص الذي لم يصدّق.

وراحتْ يدٌ تطرق الباب من جديد.

11

- بقليل من الجرأة، يمكن القول إنّها واحدة من أكثر الشخصيات حضورًا ممن رأيت في حياتي.. ولا أقول ذلك لأنني سلوى..

تلك هي السّت زينب.

تأخذك بساطتها، قامتها، لهجتها المُطعَّمة بلهجة أهل فلسطين، يأخذك بريق عينيها، وثقتها في شرعيّة سؤالها الصعب، وهو يحمل عذاب الإجابة، لا الإجابة نفسها.

- أحيانا أتساءل، أكان يمكن أن أكون أقلّ غربة هناك بين أهلي؟ أحيانًا أتساءل: ما الذي فقدته هناك في فلسطين لأواصل الحياة هنا لاجئةً، على بعد ساعات من وطني وأهلي؟! أحيانًا أقول إن بإمكاني العودة إليهم، إلى ذكريات طفولتي، أسترجعها، وأعيش ما لم أعشه منها؛ لكن شيئًا ما أحسّ أنه انتُزع مني هناك في فلسطين، هل اسميه حياتي؟ هل أقول خيار روحي في أن أكون الإنسان الذي أريد، وكما تشتهي كلُّ خليَّة فيه؟

..أنا زينب، أنظر إلى نفسي الآن، ولا يخطر ببالي، لحظةً، أنني أخطأت الاتجاه، حتى وأنا أنظر إلى هؤلاء الذين حولي وهم يرسمون صورتي، كما لو أنهم يرسمون النهايات..

.. كلما أصبحتَ جزءًا من فكرتكَ، قالوا إنكَ موشك على الجنون، أمّا حين تصبحها فإنكَ الجنون نفسه! أليس كذلك؟ كأن هناك مسافة أمان لا بدَّ منها بينك وبين نفسك، إذا تجاوزتها ستخسر كلَّ شيء.

.. كنت أحشر أمتعتي في حقيبة صغيرة، أبكي وأضحك في الوقت نفسه، لكني، حتى الآن، لا أستطيع إدراك السّبب الحقيقي لذلك البكاء، ولا لذلك الضَّحك.

وحين قلتُ لعلاء الدين: لا بدَّ لي من أن آخذ الكتب.

قال: في هذه لا أستطيع أن أقول لا.

دخل خلْفي، وحين بدأتُ بإنزالها من على الرفّ، ضحكَ، وقال لي: هذا الكتاب موجود لدينا في البلد، وهذا، وهذا.

لم أُصدّق أن مكتبتين، واحدة هنا في (السَّبع بحرات) والثانية في جوار (عكا) تعيشان حالة التوأمة هذه.

- أنتَ تمزح! قلت له.

- لا، لا أمزح والله.

كانت الحقيقة بسيطة، لكنها جميلة، وهي أن تلك الكتب صادرة ضمن سلاسل شائعة لا أكثر، لكنني اعتبرتُ تلك الحادثة فأل خير.

***

تحرك الجمرُ في قلبِ أهل البلد: لقد تأخّر علاء الدين، هل يكون قد حدَث له مكروه لا سمح الله، هل أمسكوه في الطريق؟ هل نرسل أحدًا للبحث عنه؟

مصادر السّلاح معروفة لهم، والحاج عبد الحميد، صديق قديم للثورة، حارب معهم كثيرًا وهم يرجونه: يا حاج استرح أنت، عمركَ لا يساعدك.

ويُحرجهم: اعترفوا.. أنتم زهقتم مني، أصبحتُ ثقيلا عليكم!

- لا والله.. اذهب إلى وطنك وأحضر أسرتك وتعال، ثم ادخل البلد من الجهة التي تريد، واختر البيتَ الذي يعجبك.

- اسمعوا، لم يزل فيَّ بعض القوّة، ومن العيب إهدارها في مكان آخر، أو مهمَّة أخرى أقلّ نُبلًا من هذه المهمَّة.

لكنه اعترف أخيرًا أنه كبر، حين لم يستطع الانسحاب من إحدى

المعارك الصغيرة، مما أدّى إلى بقاء عدد من المقاتلين الشباب معه.

- انسحبوا أنتم، أنا سأبقى.

- لن يكون.

كانت الأسلحة الإنجليزية تتدفّق إلى أيدي الصهاينة دون توقُّف، وبدا واضحًا أن الحالة كلها تسير في اتجاه غير ذلك الذي ظلّت تسير فيه إلى أمد طويل. المعارك أكثر شراسة، وحتى الصغيرة منها.

نهارًا كاملًا حوصِروا، رأوا الموت خلاله يذرع التلال، ويُحْكِمُ ظلامَه عليهم، وظلّوا يقاتلون، وهم يرون أن كلّ رصاصة يطلقونها، جزء من روحهم، وخطوة للموت باتجاههم في زمن الرّصاص القليل ذاك.

***

- ستكون مركز حصولنا على السلاح في الشّام. قالوا له.

***

- أحببته منذ رأيته، خرجتُ لأفتح الباب، وانفتحتْ أبواب قلبي كلّها ذلك النهار.

- قولي للوالد: "جاي، والنّخلة جايّة معاه"!!

- مين؟

- النّخلة!

ولم يكن ثمة نخل معه، لا أمامه، ولا خلْفه، ولا على جانبيه!

- لم أفهم!

- كما قلتِ لكِ، قولي للحاج: "جاي، والنخلة جايّه معاه".

قلت: لعله النّخلة نفسها، كان طويلًا ووسيمًا، ببدلته السّوداء وطربوشه الأحمر.

- مين يا زينب؟

جاءني صوت أبي عبر الحوش، وكنتُ أمام الباب حائرة.

- مين ؟ أعاد السؤال.

قلت مرتبكة: "جاي، والنخلة جايّه معاه".

- ادخليها، ادخليه بسرعة. قال لي بلهفة.

فعرفت أيّ خطأ ذاك الذي ارتكبت حين أبقيته هناك أمام الباب ينتظر.

حدّق فيه أبي ، وهتف مبتهجًا كطفل: علاء الدين؟! الله.. لقد أصبحت رجلًا.

***

- أين السِّت زينب؟

صرختْ سلوى في وجه عبد الرحمن.

- أينها؟!

ودقّت على المخطوط.

- لم أرَ غير شبحها هنا، كلّنا تحوَّلْنا إلى أشباح حين كتبتَ عنا، وقد كنّا بشرًا، أتفهم ما معنى كلمة بشر؟ من لحم ودم وروح.

***

لقد كانت ليالينا طويلة، أنا والسّت زينب، بما يكفي لأن نستعيد حكاياتنا آلاف المرّات. لم يكن لدينا في الحقيقة غير الليالي.

***

- قال لي أبي فيما بعد، إنه كان يحبُّ هذا الفتى حبًا خاصًا، لأنه أذكى عفريت صغير شاهده في حياته، وقد استطاع بجرأة نادرة تهريب مسدّسين وقنبلة إلى السّجناء الثوار في سجن (عكّا) مكّنتهم من الهروب، بعد أن هدّدوا بها الحرّاس. هذا هو علاء الدين يا زينب.

- وأحببته. قالتْ لي. أحببته أكثر، ولم تكن فلسطين قد تحوَّلتْ إلى قطعة لحم يلوكها كلّ من له أسنان، كما يحدث اليوم. كانت جزءًا أصيلًا من شرف الناس. تعرفين يا سلوى! لقد أُعطيت الإنسانيةُ مدّة كافية لتثبت أن لها ضميرًا في المسألة الفلسطينية، لكنها للأسف أثبتت، حتى اليوم، أنها بلا

ضمير.

بالنسبة لي، بقيتُ أتساءل: هل أحببته فعلًا، أم أنني كنتُ ألبّي دعوة غامضة من ذلك البلد الذي جاء منه؟ أيامها، لم يكن الإنسان يفكر مرتين، إذا ما سمع النداء: إخوانكم في الجبل (الفلاني) محاصرون، ويطلبون نجدة، كان الإنسان يُلقي ما في يده ويمضي دون أن يلتفت وراءه، كان نداء الحرية أكبر من نداء الخبز، وأجمل من الأولاد والزوجة والوظيفة ودفء البيت.

***

- هل بقي شيء يا علاء الدين تريد أن تأخذه معك؟!

سأله أبي.

- ارتبك. وكان طَوال الوقت يتباطأ.

- يمكن أن نُحضر السلاح غدًا، بعدَ غدٍ، أريد أن أرى مدينتكم أيضًا.

ولم يكن يغادر بيتنا!

- ترى مدينتنا وأنتَ بين أربعة حيطان؟! لقد تأخرتَ أكثر مما يجب، عليك أن تُجهّز نفسكَ للعودة غدًا.

- غدًا؟! ولكن، عمّي، لم أرها بعد.

- اطمئن.. ستراها كثيرًا هناك!

ولم يبق له كلام يقوله.

- يا زينب.

- نعم أبي.

- جهّزي نفسك ستذهبين مع علاء الدّين غدًا، أما الليلة فسنكتبُ كتابكما.

- أبي!!

وطرتُ فرحًا.

- أنا بمقام والدكَ، وأستطيع أن أزوّجكَ أيضًا، وعلى كيفي!! قال

لعلاء الدين.

- عمّي!!

- العبْ غيرَها، هذه الحركات نعرفها حتى قبل أن تولدوا، أنسيتَ أنني كنتُ شابًا أيضًا.

***

- بكيتُ حين ودَّعتُ أُمي، أبي ، وأُختيَّ؛ ولم أكن أعرف سبب البكاء، هل لأنني فرِحَة بذهابي معه، أم فرِحة لأنني سأرى فلسطين أخيرًا، فلسطين التي لم أرها بعيدة في أيّ يوم من الأيام، لأقول بأنها ستبعدني عن أهلي.

- أمي أسمتني علاء الدين، لأنها أحبّت حكاياته في ألف ليلة وليلة. قال لي في الطريق.

***

- تناسوا قلقَهم كلَّه، تناسوا أنهم أرسلوه لإحضار السلاح، حين رأوني معه، والتَفَّت البلدُ حولي.

- علاء الدّين، ما الحكاية؟!

سألوه.

- زوجتي، أشار إليّ!

وعمَّ الوجوم.

- زينب، ابنة الحاج عبد الحميد. أضاف.

- ابنة الحاج عبد الحميد!

.. لم أكن أُدرك مكانة أبي عندهم قبل ذلك، مئات الشّفاه اندفعتْ تُقبّلني دون توقّف، غير مُصدِّقة؛ شفاه تهذي: ابنة الحاج عبد الحميد، يا هلا.

لم أكن محبوبةً في حياتي كما كنتُ محبوبةً تلك اللحظة. حتى حبّ علاء الدّين لم يكن يماثل ذلك الحبّ. كنتُ أعتقد أن لقائي به، أجمل لحظة في حياتي، لا.. كانت تلك أجمل لحظة في حياتي، إلى أن أطلّ أيمن على الدنيا؛

حينها، التفتُّ خلْفي، ورأيت زماني كلّه هناك، وهمستُ في أُذنه: الأمل فيك! أيمن الذي كدتُ أن أضيِّعَه في ليلة الموت تلك، حين عبرتُ البر بحثًا عن علاء الدّين!

***

وحيدًا أطلَّ حصانه، وحزينًا، في ذلك الغروب. تردّد كثيرًا عند الباب، قبل أن يصهل، ويُمزِّق ذلك المساء بحوافره، ويبكي.

وعرفت: كان الكائن الوحيد الذي تجرأ على إيصال الخبر إليّ، وظلَّ يصهل، ويبكي، إلى أن وجدتني فوق ظهره.

- إلى أين يا زينب؟!

خيطانِ من الدّمع فوق وجه الحصان، وآخران على وجه زينب.

راح يعدو، ويعدو.. ولا شيء غير العتمة أمامه، لا شيء غير العتمة خلفه..

وفجأة توقّف.

- مَنْ هناك؟!

- سمعتُ الرّجال يصرخون. ترجَّلْتُ عنه.

- أنا زينب.

- ما الذي أتى بكِ إلى هنا؟

.. كانوا غاضبين.

- أين علاء الدّين؟

.. صمتوا.

.. منذ ثلاثة أيام، كانت البلد تتابع معركة الجِسر، مرّة يستعيده رجال البلد، ومرّة تحتله عصابات "شتيرن". ولم يكن أحد الطّرفين يريد تدميره، لأن لكل منهما مصلحته في أن يظلّ قائمًا.

ثلاثة أيام، ثم أصبح الجسر في المنتصف، لا بيد هؤلاء، ولا بيد أولئك، بعد أن اضطرَّ رجال البلد للانسحاب، مُخَلّفين علاء الدّين تحته.

- سأحضره.

- ماذا تقولين؟ إن أية حركة يمكن أن تصدر عنّا في هذا الليل يسمعونها بسهولة في الطّرف المقابل، لذا، فإن عيونهم عليه. انتظري حتى الصُّبح وسترين بعينيك؛ لو كان بإمكاننا أن نصل إليه لما تركناه هناك.

.. لم ينسوا مرّة أنني ابنة الحاج عبد الحميد، ولذا حين كانوا يتحدَّثون معي، أحسّ بأنهم يتحدّثون معه، لأن جزءًا منه فيّ.

.. وغافلنا الحصان، انطلق إلى هناك، يعدو.

وفجأة، فُتحتْ أبوابُ جهنَّم، وأضاء الرّصاص التّلال، انفجرت القذائف، وسطع وميضها الأسود الناريّ، وتراقص في العتمة ظلّ حصان.

ورأيناه يعود.

هل وصل؟

لم نعرف

وكان أكثر هياجًا وهو يتجاوزنا ليختفي بعيدًا خلْفنا في الليل، ويعود ثانية قبل شروق الشمس مُنهكًا.

***

تحت شمس حزينة، بين تلَّين من صخور محترقة، عاريًا تحتَ فوهات البنادق، كان الجسر.

تراجعتْ زينب بعيدًا وراء التلّة، وهناك، صامتةً بقيتْ مع الحصان إلى أن جاء الليل ثانية.

غافلَتْه، أحكمتْ رباطه في شجيرة عُلّيق، وتسلّلتْ وحيدة.

تحسستِ الأرض طويلًا، باحثةً عن جسده في المكان، باحثةً عن وجهه، عن عينيه اللتين رآها بهما، عن يديه.

وفجأة وجدتْهُ بين يديها، جثة لا أكثر.

- كنتُ أريدُ أن أصرخ. لكنني لم أستطع، سيقتلونه ثانية، وكنتُ مذهولة، كأننا لم نعش زمن الشهادة من قبل. ورحتُ أجرُّهُ مبتعدةً، حين

فُتِحَتْ أبوابُ جهنَّم فوق رأسي.

قلت: كان عليَّ أن أصرخ. وبدأتُ أصرخ، لا خوفًا، بل لأنني أريد أن أصرخ. وهدأ الرّصاص فهدأتُ. وفوجئتُ بجسدي فوق جسده. أحميه من الرّصاص، الرّصاص الذي ظلَّ يدوّي في أُذني عمرًا كاملًا.

... ورحتُ أَجرُّه ثانية، إلى أن أوصلتُه، وضعناه فوق حصانه، وعدتُ به. كانت الشّمس تشرق بعيدًا ورائي، إلى درجة أنني خلتها لن تصلني أبدًا، لن تتوسَّط السماء. وحين هبّوا لإنزاله، لم أكن هناك. لكن شيئًا بي تنبَّه، وعاد من غيبوبته، فصرختُ، بكيتُ، كما لو أنه قُتِلَ ثانية.

كانت إحدى يديه من الرُّسغ مبتورةً.. وليستْ هناك.

***

سندفنه.

- صرختُ لا.. لن ندفنه قبل أن أحضر يده، لن أدفنه.

- اعقلي يا زينب.

- لن أدفنه.

وأغميَ عليَّ قربَهُ، وحين صحوتُ، وجدتُ يديَّ قابضتين على ذراعه.

قالوا فيما بعد: إنهم كانوا يريدون دفنه، لكنهم لم يستطيعوا أن يُخلِّصوا ذراعه من بين أصابعي، دون أن تتكسَّر هذه الأصابع.

موزَّعًا بين مكانين..

وزينبُ بينهما، ومعها حصانه.

عادتْ مساءً للتلّة، حيث كان الرّجال لا يزالون هناك، وخلْفها، بعيدًا، كانت تتبعها أمّه.

قالوا: نحن سنأتي بيده من هناك.

- إذا كان لا بدَّ لأحد من أن يموت من أجل يده، فهو أنا.

في ذلك الوعر، وجدتْ زينبُ نفسَها تحبو ثانية، تزحف، بأصابع دامية وقدمين ممزّقتين وقلب مكسور، إلى أن وصلتْ. تتحسّس الأرض وتبكي.

- ماذا لو أخذوها معهم ليثبتوا أنهم قتلوه؟! هذه ليست المرّة الأولى التي يفعلونها.

وصرختْ في داخلها: يجب أن تكون يده هنا.

واندفعتْ تبحثْ محمومةً.

- وأخيرًا، عثرتْ أصابعي بها، أصابعي العمياء، ارتجفتُ، بكيتُ، وكان بودّي أن أصرخ، أن أموت هناك، وحاولتُ أن استعيدَ دفء يده، بعيدًا عن هذه اليد الباردة، يده التي تعرفني، تعرف يدي، تعرف كتفيّ، شَعري، يده الملوِّحة لي، الضاحكة، المنسابة، يده التي أعرفها. كان بودّي أن أصرخ: أينها، لكنني خفتُ أن يدفنوه دون هذه اليد التي لا تتذكّرني. اليد التي تذكَّرتني، اليد المرتبكة التي راحتْ تلتجئ إليَّ وتختفي في صدري. كان يجب أن أجدها.. وإلا لكنتُ أمضيتُ العمرَ باحثةً عنها.

- جبتيها؟!

- عمتي!!

وبكيتُ، ويدي تمتد إلى صدري لتُخرجَها.

وعدنا.

امرأتان وحصان

وثلاثة قلوب مكسورة

- اتركونا معه.

قالت أُمّه وهي تحتضن رأسه بين ركبتيها.

وكان حصانه هائجًا في الحوش.

صرختْ زينب: ادخلوه.

أطلّوا من الباب: مَنْ؟

- حصانه.

- حصانه!!

وصرختْ أُمه: سمعتم.. أليسَ كذلك؟

ودخل حصانه، حصانه الذي تمـدّدَ إلى جـواره، مُلـصِقًا عنقـه ووجهـه بالأرض، هادئًا.. ويبكي.

***

بيدين مرتجفتين، وعينين زائغتين بالدّمع، راحتْ زينب تخيطُ يده.

- أعطيني الإبرة يا ابنتي.

وأزاحتْ أُمه رأسَه، وضعتْه على ركبة زينب، وراحت يـداها تعمـلان، يداها اللتان أحستْ بأنها تراهما لأوّل مرّة، ذابلتين، كما لـو أنهـما لـن تزرعـا شجرة أبـــدًا!

يمتلئ وجهها بالدّمع، تتوقّف، تسمحه بطرف كمّها، وتواصل.

ليلة كاملة..

وأطلّ الفجر..

طرقوا عليهم الباب، ودخلوا وجِلين..

- الآن يمكن أن تدفنوه. قالتْ زينب.

- هيا.. احملوه. قالت أمه.

وساروا.. وسار حصانه خلف الجنازة.

12

لم يكن على الأرض غير الخريف، وسُحبٌ تلعق التراب بين أرجل الصِّبْيَة العارية، ضباب في الأعين، برد في الأصابع، وجمر يتكسَّر في القلب، والمدى صرخة محبوسة كبوابة قلعة قديمة مُقفلة كان.

انتظرته سلوى طويلًا، حتى خرج عصر ذلك اليوم نحو مقهاه، كان لا بدّ من أن تجد صورةَ أُمها، فتَّشتْ للمرّة الألف: الخزانة، الأدراج، الأوراق المتراكمة في حقيبة صغيرة، الوسائد؛ لكنها لم تعثر على شيء.

- كان لا بدَّ لي من أن أراها، وكنتُ أعرف أنها هناك في مكان ما..

وقلتُ: إخفاء الصّورة إلى هذا الحدّ، ربما يعني أنها حيّة، وأنهم يخافون أن أعرفها إذا ما التقيتها في الشارع، أو في أيّ مكان. لقد حاولتُ الوصول إليها عن طريق الحلم، حتى، لكن ذلك لم يُجد. أُلملمُ شكل عينيها في ليلة ما، لونهما. أُلملمُ شعرها في ليلة أخرى، جبينها، أنفها، شفتيها، وأكاد ألمس ملامحها، لكنني في آخر الأمر لا أستطيع أن أراها كلّها. وحين أُجَمِّعُ حواسي من أجل ذلك، أكون قد صحوتُ، واكتشفتُ أنني أتخيَّلها، لا أحلم بها.

مرّة واحدة رأيتها: خلال تلك السّاعات الستِّ التي أمضيتها في القبر، لم أرَ وجهها فقط، رأيتُ يديها، كتفيها، قامتها كلّها. قد تقول لي: هذا لأنكِ رأيتِ صورتها أخيرًا. وأقول لكَ: لا.. لقد كانت كاملة، ورأيت كثيرين كنت أعتقد أنني لن أراهم ثانية قبل أن أموت. وفرحتُ. قلتُ: أن أراها كاملة في المقبرة فهذا يعني أنها ليست بعيدة. ولذلك، كان لا بدّ لي من أن

أتتبعَ آثار فكرتي هذه فيما بعد، وقد أصبحتُ خارج القبر.

***

بين القبور، وجدتْ نفسَها تدور، تُقلِّبُ الشواهدَ كما تقلِّب صفحات كتاب، كتاب حجري يحفظ أسماء الموتى ويرفعها عاليًا للشّمس.

- ما أحلَكَ العتمة هناك!

كتاب لا تطويه الريح، ولا تبعثر أوراقه. لكنها تمحوها.

- كما لو أنهم يتلاشون من ذاكرة أحبابهم.

الوجوه، الأصوات، إيقاع أقدامهم تحت الشبابيك، وأيديهم فوق صفيح الأبواب وأنينها.

.. ورأيتُ أزهارًا ذابلة فوق القبور، ريحانًا يانعًا، خُبِّيزة مُزهِرَة، داليةً، وامرأة تبكي وهي تتحسّس (المِدِّيْدَة) فوق أحد القبور بتلك الرِّقة التي يمكن أن تتحسّس فيها جسدًا تحبه.

يحقّ لأمي أن تكون لها ريحانة على قبرها.

تجوّلتْ، تعبتْ عيناها من تصفُّح كتاب الموتى، قبور الأطفال الصغيرة التي حُشرت بين القبور الكبيرة بلا أسماء.

- في أيّ عُمرٍ يستطيع الإنسان أن يمتلك اسمه؟ تساءلت. في الماضي كنتُ أخاف القبورَ، أما الآن فقد تغيّر الأمر، ليس بسبب ميتتي تلك التي لم تتمّ؛ عمّي جُنَّ يومها، حين دخلتُ عليه بالكفن، لكن ما خفف فزعه سترة الحارس التي كانت على كتفيّ، نعم كنتُ أخاف القبور، لكنني الآن اعتدتها. إن لي فيها من الأحبة أكثر بكثير مما لي فوق الأرض!

وأخيرًا، عدتُ، وقد تحوَّلتِ الشواهدُ في المساء إلى أذرع ملوِّحة، لا تستطيع أن تعرف ما الذي تريده، وداعكَ، أم دعوتكَ، أم دَفْعَكَ بعيدًا عن مملكة ظلامها؟!

***

- كنت أريد أن أصرخ ما استطعت (أينها؟) كي يكون بإمكاني أن أنام

هادئة في ذلك الظّلام حين تأتي، وأراها، أرى بعضها. أغلقتُ الباب، شقوق النوافذ، وكان ظلام. مَن يعرف؟! ربما لم تستطع أُمي إكمال صرختها في الحياة، وكنت أريد أن لا أضيِّعَ فرصة لا تتكرّر، أن أصرخ. صرختُ، اهتزت الغرفة، انفتحَ البابُ، اندفعتْ دفتا النافذة بعنف، وانفصلتا عن بعضهما تطرقان الجدار من الخارج. غمرتُ وجهي بمخدّة، كانتْ صرختي الثانية على وشك الانفجار؛ وضعتُ المخدّة في فمي، صرختُ، فرأيتُ أحشاءها تطير وتتبعثر في الهواء، وتهبط كالثلج عند قدميّ.

لم أكن قادرة على التّحرك وهو يحشرني هناك بين ذراعيه.

***

- تنام في حضني لأنها الصغرى. قال للسّت زينب.

***

- كذّاب.

***

- لم أكن أُفكر في الأمر، لأنني حين تنبّهتُ، وجدتُ نفسي بين ذراعيه، كان الأمر طبيعيًا تمامًا، ولم أعرف في أيّ يوم أن ذلك لا يكون بين الأب وابنته، كان أبي حتى ذلك الحين، لكنه أصبح يوجعني فجأة، يوجعني ليس إلّا، وأقول: لماذا يعذبني، أنا لم أفعل شيئا يغضبه؟ وأقول: هناك خطأ ارتكبتيه يا سلوى ولا تعرفينه، وإلّا ما معنى أن يوجعك هكذا. وأثارني شغب الفتيات وهنَّ يتخيلن الأولاد يقبلونهن، يحتضنونهن، وكنت أعرف أن لهن آباء، فلماذا لا يتحدثنَ عنهم؟!

ولكنني حين رأيت أيمن، عرفتُ أن هذا الفتى هو وحده الذي يجبُ أن يقبِّلني، وأن يضمّني، وفهمتُ عبد الحليم:

يا مدوِّبني بأحلى عذاب
أبعتلكْ ف عنيّا جواب
مش شوق يا حبيبي ولا عتاب

مش أكثر من كلمة آه يا حبيبي بحبّك.. آه..

آه يا حبيبي بحبك...

لكنني كنت خائفة، منْ يمكن أن يحبّ سلوى السمراء، وكان (أبي) يريدني أن أبقى هكذا. فأوجعني أكثر، وحفر حول عينيّ دائرتين زرقاوين، خلتُ بعد زمن طويل أنني وُلدتُ بهما، وعندها بدأتُ أكتشف أن هذا الكائن لا يمكن أن يكون أبي.

وقلت للسّت زينب وللمديرة كلّ شيء.

وقالت له المديرة: سأقتلكَ إن اقتربتَ منها.

وقالت السّت زينب: اتركْ لهم البيت وابحث عن مكان آخر.

ووجدتُ لساني فقلتُ: فليذهب إلى بيت جدتي.

وقالت جدتي، حين أتتْ لتسكن عندنا: إنها تعرفه أكثر من أي إنسان (واطي!) من يومه. ولا أعرف كيف أخطأتْ والدتك وقبلت الزواج به بعد وفاة أبيك، هل كنا السبب؟! الله يسامحنا.. كنا نشكّ منذ البداية أنه كان السبب في مقتل أخيه-أبيك، وخالك، وأنه فرّ كالكلب وذنبه بين ساقيه..

ودسَّتْ يدها في جيب ثوبها وفتشت طويلًا، قبل أن تُخرجها من عِبِّها وتقول: أُنظري يا سلوى كم كانت تُشبهكِ؟

- هذه صورتي؟!!

- لا هذه صورة أمكِ.

- لا.. صورتي.

- والله إنها صورتها.

.. لم أصدِّق في البداية، وصدَّقتُ في النهاية، حين أَدركتُ فجأة، أن مثل هذه الصّورة ابنة زمن آخر: الورق المطبوعة عليه، ظهْرها، ذلك التاريخ الذائب في صفرته، بفِعْل عَرق اليدين والرطوبة، وذلك الشّحوب الذي يشبه الموت.

- هل هي ميتة فعلًا يا جدتي؟!

هزّتْ رأسها وبكتْ.

***

- فوق واحدة من أعلى تلال البلد، حفروا خندقًا لـه، ووضـعوا في يـده أعظم رشاش لمسته يد من أيدينا في ذلك الوقت. وقـالوا: لا تتـدخَّل إلّا إذا تقدّموا كثيرًا، أو اضطررنا للانسحاب.

***

وهبط الليل..

تسللتِ النّسوةُ والأطفال إلى المغاور في السّفوح البعيدة، وظـلّ الرّجـال هناك.

- لا نريد مذبحة جديدة. لا نريد (دير ياسين) أخرى هنا..

- واشتعلت الدّنيا. ورأيناه يعود، عمّـك هـذا، ولم يكـن ذلـك الرجـل المنسحب من موقعه لأنه اضطرّ لذلك، كان يرتجف. أخذته جانبًا إلى داخـل المغارة ونظرتُ في عينيه، ففهمتُ كلّ شيء.

- لقد بعتَهم!

.. لم يقل شيئًا، وقال أحد الرّجال: لقد انسحب دون أن يُطلق رصاصة. وكان يريد أن يقتله بذلك الرشاش نفسه، وهو يصرخ:

- حتى طلقة واحدة، لم يُطلق ذلك الجبان.

- أُمُّكِ انكسرتْ، وانكسرتُ معهـا، كنّـا عـلى يقـين مـن أن أبـاك قـد استشهد، وسكننا حسٌّ بأن الأخ قد قتل أخاه، وإن لم يقتله بيديه.

وصرخ عمّكِ في وجه الرّجل؛ امتلك جرأة أن يصرخ: الرشاش لم يكـن صالحا.

فسحبَ الرجل أقسَامه وصوَّبه إليه: سنرى الآن إن كان يُطلـق النّـار أم لا!

وقالـت النـسوة: سـيعرفون أننـا هنـا إذا قتلتـه، سيـسمعون صـوت الرّصاص. لا تكن السبب في قتلنا. وخرجت البلد كلّها من جهـة، وخـرجَ

من جهة، خرجنا حاملين أخاك الأكبر الذي لم يزل في شهوره الأولى. أما أمّكِ فقد أصرّتْ أن تظلّ وحدها هناك، رافضة أن تسير معنا، رافضة أن تسير مع أهل البلد. كانت تريد زوجها، زوجها الذي أطلَّ أخيرًا، كشبح نازف. وسمعناها تصيح قبل أن نراها، تبعتْنا، فقلنا لقد أعادتها لنا تلك القطعة الصغيرة من كبدها: ابنها.. قلب الأم تبعنا يا سلوى، قلنا، وقاد خطاها وراء ولدها. لكنها حين وصلت راحت تشدنا إلى أن فهمنا أن أباك حيّ، وأنه مصاب، فعاد بعض الرّجال معها وأحضروه.

البلد كلّها كانت تعرف أن عمّك كان يطمح بالزواج من أمّك، لكنها اختارت أخاه، أباك، لكننا لم نكن نتصوّر أنه لن يغفر لهما ذلك حتى بعد أن أنجبت مولودها الأوّل.

حين شفي أبوك، لم يقبل أن يكون أخوه عرضة للسّخرية، وذلك الاتهام الكبير بالجبن يلاحقه، بحث عنه وأعاده، بعد أن دافع عنه طويلًا: لا تنسوا أننا بشر، والكمال لله وحده!

كان يمكن أن ينتهي الأمر عند هذا الحدّ، وكنتِ قد ولِدْتِ، خاصة وأن سنين الغربة شغلتنا عن كلّ شيء، إلى ذلك الحد الذي نسينا معه أخطاء البشر، لكن الحكاية يا سلوى كانت تبحث عن نهاية لها، لأن الواطي واطي، وإن عاد إليك بثوب البطل.

كان بعض الرجال قد بدأوا يلملمون أنفسهم، ويقومون بعمليات عبر الحدود، وكان أبوك منهم، وحين عرف عمّك بهذا أصرّ على الذهاب معهم، رفضوا في البداية، إلى أن قال أبوك: "إذا كنا سنذهب فإن أخي يجب أن يكون أحدنا". وذهبوا، وعادوا، عادوا يتحدّثون عن بطولته، فقلنا: "ها هو يُكَفِّرُ عن ذنوبه التي ارتكبها هناك". لكن الواطي واطي، أقول لك، لم يخبرني أحدٌ بهذا لكنني أعرف، لقد ظلّ يحوم حول أبيك إلى أن قتله، لا أشكّ لحظة أنه قتله، رغم أنه عاد باكيًا لنا، وظلَّ منزويًا، لا يكلِّم أحدًا حتى رقّ قلب أمّك له، وقبلتْ أن تتزوجه، فأن يعيش الأولاد في ظلّ عمهم أفضل من أن يعيشوا في ظل رجل غريب. وشككتُ في نفسي، لكن الشّكّ

عاد ليملأ قلبها، ما إن أدركت حجم لهفته المجنونة إليها، اندفاعه نـحوها: "يواقعني كأنه يريد أن يُخرج أخاه من داخلي يا عمّتي"! قالت لي.

***

- وبقيتُ حائرة. سامعني!!

- أصبح يجبرها على كلّ شيء. ونـراه بـين يـوم وآخـر يجـري صـارخًا خلْفها وهي هاربة. لم أرها مرّة واحدة غير هاربة منه، وهو يـصيح: مجنونـة! وهي تصيح: جاسوس! ستموت قبل أن تلمسني ثانية.

- لم يكتف أن يكون السّبب في قتل أخيه، جنَّـنّي يا عمتي. كانت تقـول لي. ثم استراحت أخيرًا. ماتت!

- ماتت؟

- ماتت. وأصبح والد طفليها اللذين جاءا مـن صُـلب أخيـه، والـدكِ، ووالدَ طفل آخر من صلبه، أصبح أبا أكرم!!

- هل هي مدفونة هنا في المقبرة؟ سألتُها.

- لا أحد يعرف أيـن دفنهـا. ولكـن أيـن سيدفنها؟ هـذه المقـبرة هـي الأقرب.

***

كم مرّة قرأتُ كتابَ الموت ذاك دون جدوى، كم مـرّة مـسحتُ الغبـار المتراكم على الشّواهد لكي أتهجّى الاسم المدفون تحته، كم مرة خفتُ، وقـد خيّل إلى أنني دستُ أحد القبور وأقلقتُ نوم صاحبه أو صـاحبته، كـم مـرّة وقفتُ طويلا عند قبر أخضر، لم يجفّ ترابه بعد، وقلـت: لعـلّ الـذي فيـه لم يزل بعد على قيد الحياة، وانتظرته أن يصرخ؛ وكم مرّة فكَّرتُ أن أختار مـن بينها قبرًا مجهولًا، إلى أن فعلْتها.

- مجنونة، صرخ في وجهي، حين جاء لأخذ بعـض حاجياتـه. ولم يكـن يتركنا هادئين، كان يتسلّل إلينا تحت ظلال أوهى الحُجج.

- مجنونة مثلها.

- وأنا أسألكَ الآن!

- تعنين أنا؟ سألها عبد الرحمن.

- نعم، أنتَ. أسألك، هل كنتُ مجنونة حقًا؟! لم يكن أكثر من قبر يتيم مهجور، ذلك القبر الذي قررتُ أن أتبناه. عليك أن تراه الآن، لم يعد ذلك القبر القديم. زُرْه مرّةً، مرّة واحدة لتتأكّد؛ زره في أيّ وقت شئتَ، فلن تجد زهرة ذابلة فوقه، أو ريحانة عطشانة. إنه قبر أمي، أؤكد لكَ، ربما نذهب معًا لزيارته، هو ليس بعيدًا على أيّ حال، ولا يفصلنا عنه سوى قبرين لا أكثر.. صدِّقني!

***

تذكَّر عبد الرحمن ذلك ، فقفز من مكانه، كما لو أن تفاحة نيوتن سقطتْ بين يديه.

- أين يمكن أن تختفي؟ ما دام القبر موجودًا!

13

- لو تركوا لي بعض الذِّكريات معه..

لم يمهلوني لأتعرف عليه أكثر، أن يكون لنا تفاصيل حكاية أرويها من بعده. فجأة، وضعوني مع الموت وجهًا لوجه، الغربة لا تتيح لكَ أن تعرف أحدًا كما يجب، ربما كانت ذكرياتي معه بعد موته أكثر بكثير من ذكرياتي معه في حياته.

صحيح، كانت هناك ساعاتٌ لا تُنسى، لكنني عشتها مع نفسي أكثر مما عشتها معه، لقد فتح لي أبوابًا لم أكن أعتقد أنها موجودة في هذا العالم، شبابيك وشوارع وأحلامًا وأغنيات. نعم أغنيات، وصوت "أم كلثوم" الذي أحسستُ فجأة أنه أجمل صوت في الدّنيا.

رجَّعوني عينيكْ لأيامي اللي راحو

علّموني أندم، على الماضي وجراحه

اللي شفته.. قبل ما تشوفكْ عينيّا

عُمْر ضايع.. يحسبوه إزّاي عليّا

إنت عمري.. إنت عمري اللي ابتدا بنورك صباحه

إنت.. إنت.. إنت عمري

كنت أمشي، والأغنية تفتح لي الطريق، الأغنية التي لم يكن عليَّ أن أسمعها وحدي في البيت، الأغنية الاحتفال، فبمجرد أن تبدأ الموسيقى : تي را را را را.. تي را را را

مجرد أن تبدأ بتلمُّس طريقها بذلك الهدوء إلى روحي، كنت أترك المذياع يصدح بها إلى آخره، وأخرج إلى الشارع، كلّ شيء كان يدفعني للخروج إلى الشّارع من غير أن أَخسر الأغنية، لأن الأغنية هناك، تُطلّ من النوافذ الخشبيّة، من عتبات البيوت، من الدّكاكين. وما عليك إلاّ أن تمشي وتستمع إليها من دارٍ لدار، من بقّالة لبقّالة دون انقطاع، فكلّ الناس يستمعون إليها في الوقت نفسه، ويُسمِعونها للآخرين، يشاركونهم صعودَها. ما عليك إلّا أن تسير.. فالأغنية أمامكَ، ولن يفوتكَ مقطع واحدٌ منها أبدًا:

هات عينيك تسرح بدُنيتْهم عينيّا

هات إيديك ترتاح بلمستْهُم إديّا

يا حبيبي تعالَ، وكفاية يا حبيبي هات عينيك..

وتتألق "أم كلثوم"، وهي تُعيد المقطع، كما لو أنها تغنيه للمرّة الأولى، تُحلِّق بين الكلمات، تلعب، تختفي، وتتجلّى من جديد، فتُحسُّ بالتراب تحت قدميكَ يدعوكَ للرّقص، والفضاء يدعوك للطيران؛ نشوة عارمة في روحك، وأعضاء جسدك، ويدفعك الفرح لأن تكون أكثرَ سرعة في مشيتك؛ ألم أقل لكَ: كل شيء يدفعك إلى الطيران. ولم يكن عليك إلاّ أن تسير من أول شارع النادي إلى نهاية شارع المدارس، قرب مركز توزيع المؤن، وتعود، حتى تكون الأغنية قد أوشكتْ على الانتهاء. وأم كلثوم تسبح في الهواء الذي تتنفّسه، وأنت تتنفّس تجلياتها، وفي داخلك تصطخب حلقة رقص يشارك فيها قلبكَ، رئتاك، كبدك، دمكَ وأيمن.

يا أغلى من أيامي

يا أحلى من أحلامي

خُدْني بحنانك خدني

عن الوجود وابعدني

بعيد بعيد. . أنا وأنتَ

بعيد بعيد وحدينا

عالحب تصحا أيامنا

عالشُّوق تنام ليالينا.

***

وتصمتُ فجأة، تمسح دمعتين

- ماذا بقي لي؟!

.. زيارتي لقبره، حديثي معه عبر طبقات الحجر والتراب والإسمنت، دالية قرب الشّاهدة، زرعتُها بنفسي، فكَبُرَتْ، كما لم أكن أتصوّر، ثم العريشة التي راحت تُظلّل القبر.

***

سأجدها هناك بين قبرين!

***

وترقُّ سلوى، حين تقترب من سيرة أيمن، تتحوّل إلى كائن آخر، أو تعود إلى ما كانت عليه يومًا ما، تصفو إلى أن تُصبح شفافة كالماء، وهناك يمكن أن يُرى في هوَّة القاع قلبها!

- مددتُ يدي لأقطفَ خصلة من العنب، وفجأة، تصلَّبَتْ يدي في الهواء. لعلّ الخصلة بعض أصابعه، من يدري؟! لا تستطيع دالية أن تكون على هذه الدّرجة من الخضرة والجمال، إلا إذا كانت على علاقة بشهيد، وكنتُ أعرف أن جذورها هناك، قربه، فيه، حوله. وقلت: الله يا سلوى. لقد استطعتِ أن تُخرجيه إلى الضوء، إليكِ، ليرى الشمس، ويراك؛ إنه الآن هنا؛ ألمسُ ساق الدالية فأحسّ بيده تنبض دافئة، ألمس أوراقها فأحسّ بشعره، ويهبُّ الهواء عبر فروعها فأحسّ بقلبه ينبض. وقلت: هل يعرف الناس أن أبناءهم هنا في الشّجر النابت فوق قبورهم؟ هل يعرفون ذلك؟ ولماذا لم يقل لي أحد ذلك من قبل؟!

.. هذه أشياء يجب أن تعرفيها وحدك يا سلوى. قلتُ لنفسي. ولكن، ربما كانوا لا يعرفون.. وكنت أريد أن أطوف بهم، أولئك المتحلِّقين حول

قبور أحبابهم، لكنهم كانوا أكثر حزنًا من أن أقول لهم شيئًا، وبعضهم جلس هناك في ظل ميّته الذي صعد إلى الفضاء شجرة كينياء، أو سرْوة أو دالية. ولم يكن الزّيتون قد وصل المقابر بعد!

.. أي مجنون ذاك الذي يترك زيتونة في المقبرة إلى الأبد، وحيدةً.

.. الزيتون شيء آخر. السّت زينب قالت لي: كانت أم علاء الدّين تُوبِّخنا إذا ما جاءتْ سيرة الموت على ألسنتنا في كروم الزيتون: "هذا سيجعل الزّهر يسقط، الزيتونة كالمرأة الحامل، علينا ألّا نُخيفها بمثل هذه الأحاديث". مرةً، وجدتْ بعض الرجال يتدرّبون بين الكروم، فطردتهم: "صوت الرصاص يخيف الأشجار، ألا تعرفون"؟! ولم تكن تتردد في أن تطلب منا: "وطِّنْ صوتكن مش شايفات إنْكِنْ بتزعجن الزيتون".

***

- الزيتون شيء آخر.

.. ولكن ما الذي كان يمكن أن يحدث لها، أم علاء الدّين، لو عاشت لتراه أخيرًا يُزرَع في الشّوارع لا أكثر، ويصبح نوعًا آخر من نباتات الزينة؟!

.. السّت زينب قالت لي: المسألة أكبر مما تتصوّرين. كان لكروم الزّيتون دائمًا جدران تحميها، جدران من أشجار عالية قويّة تصدُّ الرّيح والعواصف، ولكن، انظري ما الذي يحدث الآن، إنهم يزرعونه حول بيوتهم. ليحموا البيوت، البيوت الجديدة، الحجريّة، أتعرفين يا سلوى، هذه أشياء ليست عابرة، أشياء لها علاقة بالرّوح، وما يحدث فيها. متى بدأ السّوس ينخرُ هذه الروح؟! من زمان، أعرف! ولكن متى بدأ الإنسان منا يراه؟ لا أريد منكِ أن تحدّدي مذبحة بعينها، أو حربًا، تذكّري فقط، حاولي أن تتذكري متى رأيت أول زيتونة يُلقى بها هنا، إلى أرجُل المارَّة، وقطْعان الأغنام العابرة، ثم حدِّقي فينا نحن، في أطفالنا الذّاهبين إلى برد المدارس، والنساء المذبوحات بانتظار كيس الطحين، حدّقي في سلاهن الطافحة بفضلات السّوق، وحاولي أن تتصوّري معي، أيّ زيتون ذاك الذي كنّاه، وأي زيتون ذاك الذي أصبحناه. يا سلوى، لم نكن خارج الوطن أكثر من زيتون شوارع أيضًا..

.. إني أرى الزيتونة في الشارع ترتجف بردًا، فأخلع معطفي وأُلقيه عليها.

***

- وصرتُ أرى الدّالية في المقبرة، وتمتدّ يدي نحوها فلا أستطيع أن آكل حبة واحدة منها، كيف سآكل أيمن؟! قل لي، كيف لا أُلوِّح لها وأنا أبتعد باتجاه قبر أمي؟!

***

لم يكن القبر الذي تبنته سلوى مثل قبر أيمن. طولُ هجرانه، كان يُلقي عليها أعباء كثيرة، حتى تُقنِعَ الحياة بأن تتفتّح حوله وتُزهر فيه.

- كنت أريد أن أفتح لها بيت عزاء. وأن أرى النّاس يأتون ويترحّمون عليها. كنت أريد أن أُعد طعام (الوَنْسَة) وأقدِّمه ثلاثة أيام متواصلة، وأدعو إليه الفقراء؛ أن أقيم لها (عشاء الأموات) في الخميس الأوّل الذي تلا يوم تبنّي القبر، ليقرأ الناس الفاتحة على روحها، لكنني لم أستطع، فاكتفيت (بخميس الأموات)، الخميس الثاني من شهر نيسان، من كلّ عام، أذهب إليها وأوزّع الصّدقات على روحها، وأطلب من أحد الشيوخ أو الأطفال أن يقرأ لها القرآن.

.. أمي التي لم تفرح بشيء بعد استشهاد أبي، أصبحتُ أعرفها، وكلّما تقدَّم الزمن أحسستُ بها أكثر، ربما كانت كالسّت زينب، من يدري، أو لينا، آه، لينا. لكن السّت زينب استطاعت أن تتماسك.

***

- يريدونكِ امرأة لائقة بشهيدين، كما لو أن المزيد من الدّم وحده ما يجعلكِ عالية، مُقْبلةً على الحياة مثل أيّ امرأة بلهاء لا تعرف موقع قدميها - هكذا كانت السّت زينب تقول لي - ويخافون منكِ، أنتِ المقدَّسة التي يندسُّ الموت بين ذراعيها ويغفو كلّما عمَّ الظلام.

- ألم أَقل لكَ هذا الكلام؟ سألتْهُ سلوى.

- يمكن أن يغتصبوكِ نهارًا بألف طريقة، أما في الليل فإنهم يبتعدون. من يجرؤ على الوقوف وجهًا لوجه أمام شهيدين في العتمة، والعار يجلّله؟ وتصمت السّت زينب. ثم تهذي: ولكن كيف تستطيعين الفرار من وجهكِ، يديكِ وعينيكِ؟!

***

- لا تبتعدي عنا. قالتها برجاء أم علاء الدّين. وكانت تحتضر. امرأة قررتْ أن تموت هناك، على ذلك التلِّ المطلِّ على البلد، فجأة قررت أن تموت. تزوّجي سليمان. وابقي معهم.

ولم يكن سليمان، شقيق علاء الدّين قد تجاوز السادسة عشرة.

- ابقي معهم. وكانت تبتعد..

.. لم يذبح أم علاء الدّين غير فوضى الحَمَام في القفص. الحمام الكثير الذي جاء من زوج واحد أحضره علاء من مصر، بعد انتهاء دراسته.

بعد استشهاده لم تستطع أن تذبح من تلك السّلالة زغلولًا واحدًا.

- دعوه يتكاثر. تقول. وتُلقي بالسّكاكين بعيدا خارج الحوش.

بقوّة الروح، كانت تشقُّ أعمدة الدّخان وسُحُبَهُ، تُلقي نظرتها الأخيرة، على البلد، وتسبحُ في الرّماد المتطاير نحو برج الحمام، برج الحمام المهجور. والحمام في القفص، لا يهدأ..

بين أن تتركه أو تحمله ذكرى، احتارتْ، ثم وجدتْ نفسها تزجّه في قفص فوق ظهر الحمار الصغير. وكان الحصان يتبعنا عن بعد.

الحصان الذي ما إن وارينا علاء الدّين الترابَ، حتى عاد بريّا من جديد؛ لكن رائحة علاء كانت فينا، في روحنا، في رحمي، فتبِعَنا.

ولم يهدأ الحمام.

- افتحوا باب القفص.

فتحناه،

وتدافع الحمام نحو الفضاء عائدًا. واكتشف الحمار قفصًا فارغًا فوق

ظَهره، فجـنَّ، تقـافز، إلى أن سـقط القفـص، وراح يعـدو محـاولا اللحـاق بالحمام!

.. وماتت.

***

وقالت لي السّت زينب: تزوّجي يا سلوى.

ولم أكن أتصوّر أن تطلب ذلك مني.

- يا سلوى، حين رفضتُ الزّواج؛ الأصـحُّ، حـين لم أفكّـرْ بـه، كـان لي ولد، ولم أكن صبيّة مثلكِ.

- أعرف، وربما كان الزّواج يريحني ممـا أنـا فيـه، لكننـي لـن أسـتطيع، سأضايقه، وأُضيِّقُ القبرَ عليه. أن يعرف أنني أُغتَصَبُ مرغَمـةً، أفـضل مـن أن يعرف أنني ذاهبة لاغتصابي! قلتُ لها.

- يا سلوى، حياتك أمامك، لا تدفنيها وراءك، لـن يوصـلك ذلـك إلى شيء. أنا أمه وأقول لك ذلك. آمركِ!!

***

- كان قد تجاوز السّتين، حين طلبَ يدي.

وقبلتُ..

- موافقة قلتُ لهم. وكنتُ أريد الفرار مـن البيـت، مـن حـضرته، مـن عمّي، وإصرار السّت زينب، ومن كلّ شيء. عجوز، لن يغار منه أيمن. لن أزعجه بهذا الزواج، لن يخطر بباله أنني اخترته لأنه أجمل منه..

.. ليلة الدُّخلة لم يفعل شيئًا. وبدا خائفًا من أن يلمسني.. وفرحتُ أنـا، خرجتُ إلى الـشّرفة وزغـردتُ! لكنّـه بعـد يـومين اختفـى، فجـاء أولاده، وقالوا: ماذا فعلتِ به. فقلتُ: لم أفعل شـيئًا. فقـالوا لي: أخرجي مـن هنـا. فقلت: هذا بيتـي. قـالوا: بيتنـا. واخرجي الآن! فخرجـتُ، وانتظـرتُ أن يعود. فلم يَعُد.

وقلتُ للست زينب: كنت تريدينني أن أتزوّج. لقد تزوجتُ. وهـا هـي

النتيجة، هل استرحتِ؟ وفرِح عمّي لأني عدتُ إلى البيت امرأة! وحكيتُ كلّ شيء لأمي! فلماذا لا تصدِّقني أنتَ!

وعادت يد تطرقُ الباب، تطرقه بشدة. ولم يجرؤ عبد الرحمن على الوصول إليه ليفتحه. فذهبتْ سلوى. وكان الولدُ هناك، الولد صاحب الحمامة، يبكي، ويرفع الحمامة باتجاه سلوى: لقد قتلتيها!

واستدار

هابطًا عتمة الدّرج بصمت.

14

عودة خميس إلى بيت الدّرج بصحبة لينا، أعادت للمبنى المهجور بعضَ زهوه، ويومًا بعد يوم، أصبح لتلك المبولة العامة احترامها: أُسدِلتْ ستارةٌ من خيش متآكل على البوابة، وأُضيء الخراب بقليل من الترتيب.

لكن ذلك لم يتمّ بسهولة.

طاردوا لينا حين رأوها، الصِّغارُ، وأدهشهم ذلك القدْر من الحقد الذي كانت تُكِنُّه ليدها، إذ تنهال عليها بأكثر الشتائم سوادًا ثم تصفعها؛ الصغار الذين وجدوا فيها ما يبدّد وحشة الشوارع حولهم ووحشية الطين المُطبِق على أقدامهم.

بعضهم قال: إنهم رأوها في قاع المدينة، تحت الجسر، قرب السّيل، في ساحة الجامع، وردّ آخرون: لا، تلك غيرها. و...

كان أفضل ما يمكن أن تبدو عليه في نظرهم أنها شحّادة ليس إلّا، لكنهم أصرّوا: إنها مجنونة.

- والله فيِّ عقل أكثر من أَقفية أُمهاتكم كلّكم.

- ربما كان عليها ألّا تخطئ وتبدأ معهم من هنا، من الأقفية، لأن ذلك شجَّعهم أكثر. أنتَ تعرف، قالتها سلوى بخجل.

وأثار ذلك عبد الرحمن على نحو غير عادي. نسيَ كلّ شيء، الهواتف، الحذر، والاعتبارات التي قد تكون صحيحة. ورآها قابلة لأن تُلتَهم بسهولة في وهج ذلك الخجل.

- طلّعوا ديني. قالتْ لخميس في المساء. يعني شو بدِّي أقول؟!

***

عَمَلُ خميسٍ كزبّال، أَعاد لها قليلًا من احترامها المفقود، وبدَّدَ وجَع الرأس الذي يسببه الصّغار، وهكذا، لم تعد مضطرّة للخروج عن طورها كثيرًا، وأن تصل إلى ما وصلت إليه ظهيرة أحد أيام تموز اللاهبة...

- يا لينا يا مجنونةْ.. وجْهِكْ زي الليمونة!

كانت تضايقها تلك الكلمات، تلك الكلمة: (مجنونة)، فأطلقتْ تلك الشّتائم المَعيبة التي يتمنّى الأولاد سماعها، الشّتائم التي لا طعم للأزقة دونها، ولا للحارات. ركضوا خلفها، لكنها فجأة توقفتْ، حدَّقتْ في وجوههم بعينين محمرّتين، فتخشّبوا في أماكنهم.

***

وتَغيَّر صوتُ سلوى، ارتفع وجهها، ولم تكن تنظر إلى عبد الرحمن، لكنه أحسّ أنها امرأة أخرى، غير تلك التي كانت هنا قبل دقائق.

- هناك لحظة، يجب أن تتوقّفَ فيها عن الهرب. لا يمكن أن تركضَ إلى ما لا نهاية، لا يمكن أن تبقى بلا لسان إلى الأبد. أقولُ لك هذا. أنا سلوى التي هربتْ كثيرًا، وصمتتْ أكثر...

.. كلّ ليلة أحاول الكلام، أحاول الصّراخ، تنفرجُ شفتاي، أنتظر الكلام أن يخرج، ولا يخرج. أتحسّسُ فمي، تصطدم أصابعي بجدار لزج كبقايا العِلكة، لكنّه سميك وكثيف. أذهب للمرآة، أصرخ، ولا أحد يسمعني، أسناني ملتصقة، لا، أسناني ذائبة بعضها ببعض.

كان الكابوس زمني، ولم أعد أتصوّر العالم خارج فصل الخريف.

وقلت لأخي وأنا أبكي، أخي الصغير: لم أَعد أحلم، فردَّ عليّ كما لو أنه يعرف ما بي أكثر مني: تستحقّين هذا!

وحاولتُ أن أصرخ في الليلة الثانية، الثالثة، الألف، فذابتْ أسناني، التصقتْ، إلى أن أدركتُ أنني كنتُ ابتلع الكلام.

***

وتساءل عبد الرحمن: ما الذي قالته زوجته لأصدقائه الذين ذهبوا لإقناعها كي تعود؟

ما الذي يمكن أن تعرفه أكثر منهم؟!

ولماذا راحوا يتهرّبون منه بعد ذلك. لماذا قالوا له: إنهم لم يذهبوا بعد. وهو يعرفُ أنهم ذهبوا؟!

فجأة اكتشف أنه يكره الكلام، لقد جاءت سلوى في الوقت الغلط، يكره هذا الفصل الطويل من حكايتها، يكره الثرثرة، فصل النميمة الطويل؛ "كل ما قالته حتى الآن ليس أكثر من فصل نميمة" قال. امرأة مسحوبة من لسانها، مُتطاولة، لا تعرف حجمها الحقيقي. تريدني أن أُصدّق، ويريدونني ألّا أُصدّق..

- اضحكْ عليها ببعض الاستماع، وإذا كان لا بدّ من الكتابة، ارْضِها ببضع صفحات.

***

- كان عليها أن تتوقّف، أن تقف.

- ماذا؟ سألها عبد الرحمن.

- كان عليها أن تتوقّف، لينا. وفجأة خافوا. كان يمكن أن ترى أرجلهم تصطكّ، وشفاههم الناشفة ترتجف. تقدَّمتْ منهم، أغارتْ عليهم، ففروا.

***

- سامحيني يا سلوى. سامحيني.

بدأ يتوسل إليَّ حين رآني في الكفن الأبيض أمامه - عمِّي -، لكنه حين عرف أنني حيّة، وأن هذا الذي يراه ليس شبحي، بل أنا، بدأ يشتمني. لكنه لم يستطع بعد ذلك أن ينسى أبدًا، أنه دفنني وأنني تمكنتُ من العودة حتى من الموت!

***

.. ولم تكن لينا مطمئنة لذلك السّلام الهش الذي بدأ ينعم به بيت الدَّرج، لتتجرأ على تَرْكِ شيء يخصّها هناك، ولا لتلك السّطوة التي بدأ يمارسها خميس على أيِّ بيت يُعذِّب أولاده لينا.

يطْرق الأبواب كلّها. ويتجاوز تلك البيوت التي تُطلُّ رؤوس الشّيطنة منها، يتركها عائمة في نتانة قمامتها، إلى أن يُدرك الأهل -ودون أن يقول لهم أحد- أن أبناءهم أساءوا، فيؤدبونهم.

رَبّى الأمهات، فربى أبناءهنَّ فيما بعد.

.. لكن الاهتداء إلى ذلك الحلّ، كان يقتضي من خميس أن تكون له وظيفة زبّال أولًا. ثم أن يهتدي لفكرته تلك، ضاربًا عرض الحائط بقدسيَّة المهنة، والقيام بها على أكمل وجه وبلا تحيّز وتمييز بين صفيحة زبالة وأخرى!

وقلتُ لها: يا لينا، ما الذي فعلتْهُ يدُكِ لتواصلي ضربها هكذا؟!

فقالت: لا أعرف.

ثم قالت، بعد أن نسيتُ سؤالي: هذه اليدُ كانت أصل البلاء.

فسألتها: كيف؟

فقالت: لستُ متأكّدة.

ولكن.. ماذا كنتُ أريد أن أقول.. آه...

تذكرتُ!

***

لم يكن بمقدور أحد التأكُّد من عدد القمصان التي ترتديها لينا، ولا عدد التنانير والفساتين التي تتكوّم فوق جسدها. محميّة بذلك الجاكيت الطويل، ثم البالطو الزيتي الكافي ثقلُهُ لكسر العمود الفقري لأيّ جندي شاب.

لكن، كان بإمكان الكثيرين معرفة عدد الجوارب التي ترتديها على وجه التقريب، إذ كانت تُرى جالسةً في بعض لحظات الصّفاء الخاصة أمام بيت

الدّرج، هناك، وباستطاعة المرء ببساطة إحصاء عدد الألوان المتدرِّجة صعودًا باتجاه ركبتيها. وطبعًا على نحو مختلف، فترتيب الألوان في قدمها اليسرى، كان دائمًا، غير ترتيبها في اليمنى.

كانت نافورة الألوان تتصاعد من جوف بسطار عسكريٍّ أسود. لا يعرف الإنسان من أين أتاه كلّ ذلك الطين في أشهر الصيف.

***

خلْفَهم طارتْ فردةُ البسطار، حلَّقتْ طويلًا قبل أن تتجاوزهم وتهوي أمامهم وهم يركضون، فتعثّر عدد منهم بها، وتبعتْها الثانيةُ، وهم يتعثّرون. ثم بدأت تخلع جواربها واحدًا واحدًا وتُلقي بها، دون أن يجرؤ أحد على الالتفاتِ وراءه.

وحين تفرَّقوا، وكأن الأرض ابتلعتهم، وجدتْ نفسها تحاول انتزاع لحم كعبها لإلقائه عليهم.

توقّفتْ، أخذتْ نفسًا عميقًا، جلستْ على عتبة أحد البيوت، وقد غدا الشارع بقدرة قادر مهجورًا، كما لو أنه تحت أحكام منع التجوّل.

نهضتْ، وراحتْ تُلملم جواربَها عائدةً، إلى أن وصلت البسطار، زجَّتْها كلّها داخله، ومضتْ نحو بيت الدَّرج.

***

قلتُ لها: ما اسمك يا لينا؟!!!

قالت: هل أنتِ مجنونةٌ، ما هذا السؤال؟ تعرفين اسمي وتسألينني عنه!!

.. أتعرف، ثمة سؤال خطر ببالي الآن: لماذا نستكثر على أولئك المشحَّرين أن يكون لهم أسماء جميلة، من هم أولئك الذين يمتلكون حقّ الحصول على أسماء جميلة؟ المجفَّفون؟ المتبلِّدون؟ وماذا لو كان اسمها لينا فعلا. أنتَ نفسكَ دُهشتَ حين سمعتني أقول (لينا) أليس كذلك. لماذا؟!

.. إنني أفكر في هذا الأمر منذ زمن، وأجدُ أن العكس هو الصحيح في الطبيعة.

.. هل تستطيع مثلا أن تقولَ لي إن الوردةَ عاقلة؟! وهي تكبر على هذا النحو وتموت بهذه السرعة؟ لا تستطيع. ولكن اسمها (وردة)! لا، لا يمكن أن يكون اسمها (خرتيت) أو (حرذون)!

لينا كانت جميلة ومجنونة. وهذا لا يُحتَمَل، لا يُفسَّر. أتفهم.

وصمتتْ.

ولم يكن عبد الرحمن هناك.

- كانت قد اطمأنتْ تمامًا لعلاقتي بخميس، بعد أن مرَّ ذلك الزّمن كلّه، دون أن أخطفه منها..

.. لكن الذي كان يُعَذِّب (خميس)، أنه لم يكن قادرًا على انتزاعها من فكرتها التي تطحنها على الدّوام وتسرقها منه..

صحيح أنها كانت تتوقف عن صفع يدها أحيانا، فترى (خميس) في قمة سعادته. لكن ذلك لا يستمرّ طويلًا. خميس نفسه سيقترح حلًا يريحه ويريحها فيما بعد.

***

وراح عبد الرحمن يبحثُ عن مَخرج، يعرف أنه غير موجود.

***

- حالة العشق التي كانت تأتي على شكل موجات متباعدة، حالة العشق تلك التي اتقدتْ نارُها في بعض ليالي خميس ولينا النّادرة، غسلت الكثير من قلوب الصِّبْية بمائها المقدَّس. أما أنا، والسّت زينب، فقد بكينا، لم نُصدِّق أن في العالم حالة حبٍّ أكثر شفافية من حالتهما.

مطر، وفوق رأسيهما غطاء كبير لأحد براميل الزّبالة، يقوم بدور المظلّة، رفعه خميس بيد وضمّها بالأخرى.

مطر.. وكنا نركض، نحاول الاختباء، وكان يمكنهما أن ينزويا تحت بيت الدّرج بنارهما التي تتلوى، كما لو أن حبات المطر تكركرها؛ لكنهما لم يفعلا.

في تلك الليلة سمعنا صوتيهما، في تآلفهما السّاحر العجيب. لينا تغني وهو يُعيد، أو يُكمل مقطعًا من الأغنية:

- طيارة يُمّه بتدور فوق حارتنا

- يمكن شايفني الطيّار بوسْط جنينتنا

- والطيّارة تدور تدور

- وايدي تلم زهور زهور

- يمكن شايفني الطيار بوسط جنينتنا.. يا يُمَّه.

.. طويلا وقفنا هناك تلك الليلة، نستمع، وحين تنبّها لوجودنا، ركض خميس نحونا.

- مين. السّت زينب، سلوى! لماذا تقفان هنا، هكذا تحت المطر؟!!

وجرَّنا نحو بيت الدرج.

- لينا!! قال للسّت زينب. وأضاف بزهو.

- بتقدري تقولي مدام لينا.

والتفتَ إليّ.

- لم نتوقّع أن يزورنا أحد، لذا ليس لدينا سوى (كاسة) شاي واحدة نشرب منها، لكنها نظيفة، غسلتيها يا لينا؟!

- آه، غسلتها.

- اغسليها كمان مرة.

- لا، ما في داعي. سنشرب منها كلّنا. قالت السّت زينب.

- لا هذه لكما. سنشرب نحن من طاسة الماء.

ولم تكن طاسة الماء أكثر من علبة بازيلاء فارغة.

15

- ذلك اليوم، قررَ (حضرته) أن يأتي نهارًا، وهو يُدرك أية مخاطرة تلك التي يُقدِمُ عليها.

بحثتُ عن حجّة أغادر بها البيت، لكنني وقبل أن أصِل إلى حجتي، رنَّ جرس الهاتف، فتجمّدتُ.

- أرجوكَ لا ترفع السماعة. قلتُ.

.. استجابَ أخي، وغادرَ الصّالة إلى إحدى الغرف، وحشر نفسه هناك.

ونبح الكلبُ كثيرًا

تقدَّم عمّي نحو الهاتف

- أرجوكَ لا ترفع السماعة.

لم يستجبْ

وارتفع نباح الكلب أكثر.

- لا ، نحن في البيت، لن نغادره.. سلوى؟! إنها هنا، لا لن تُغادر. شرَّفْتَنا.

***

بعد زمن طويل من الزيارات، ورغم ليليَّتها؛ كل حجر في الحارة كان يحسُّ بما يحدث. لكن أحدًا لم يتجرأ على فتح فمه ليسأل.. ليعرف.

وراح الكلب ينبح.

- أنا الذي سأقتله هذه المرّة. قال عمّي.

- حضرته؟!

- الكلب. كيف تجرئين على قول كلام كهذا؟!

وراح الكلب ينبح دون توقف.

وفي البعيد، في أقاصي الصّمت، كنتُ أَسمع هدير محرّكات سياراته يتصاعد مقتربًا من الحارة، سيارات عملاقة. فأحسستُ بالخطر في داخلي يكبر.

اقتربتْ، حاذتِ البيت، تقدَّمتْ باتجاه النافذة، وهناك، رأيتهم بألبستهم يندفعون من جوفها برشاقة رجال كسبوا عدّة حروب في زمن قياسي!

بدم محروق راقبتُ المشهد، ولم تكن سيارته هناك.. أينها؟

وفجأة، سمعتُ محركها يُدار بعيدًا، خطاه تهبط الدّرج، ضجيج المحرّك يتصاعد، سحبتني قدماي باتجاه الشّرفة، الشّرفة التي تمنَّيتُ أن تملك شجاعة التَّحليق عاليًا حاملةً جسدي، كبساط سحري.

ومن هناك، كان باستطاعتي أن أَرى المشهد كاملًا: الرّجال، النساء، الأطفال، العجائز، الفتْية، الرُّضَّع، يتعثّر الواحد منهم بالآخر، بالآخرين، ويضحكون من خلف عيونهم المغمضة، وهم يترنّحون في مملكة العميان.

- أنتَ لا تستطيع أن ترى أي شيء وأنتَ أعمى! يقول أحدهم.

- هل سنصل إلى بوابات بيوتنا بسهولة؟

- نحن أقلّ من عميان إن لم نفعل.

وتعثّروا سقطوا، قاموا؛ وكان عمّي غارقًا في تأمُّل المشهد من نافذة الغرفة الكبيرة.

.. جمعتُ خطاي في أصغر مساحة يُمكن أن تحتلَّها، في نقطة صغيرة كالصّمت، وحاولتُ التسلّل على رؤوس أصابعي، ولم أكن قطعتُ مسافةً تُذْكَرُ حين أحسستُ ببرودة المعدن القاتلة ملتصقةً برأسي، ولم يكن عليَّ أن التفتَ لأتأكّد من أن مسدّسه هو الذي يخترق خصلات شعري.

توقّفتُ

لقد طوَّر عمّي حواسَّهُ على ما يبدو، بحيث تبقى يقظـة دائـمًا، يقظـة إلى تلك الدّرجة التي لا تجعله عُرضة لأن يخسر.

.. تستطيعُ أنتَ، إذا ما جرَّبتَ الموت، أو أحسستَ به قريبًا، أن تعـرف ما يلمس جلدكَ في لحظة ما، الموت البـارد السّـاكن في الفوهـة المعدنيّـة، أو سواه، حتى وإن لم تكن قد لمستَ مسدّسًا من قبل.

***

- إن أفضل ما يمكن أن يحدُث لي أن تكون هذه المرأة مجنونة. قـال عبـد الرحمن.

وفجأة وجد نفسه يقترب منها، عـلى نحـو أقـرب للفظاظـة منـه إلى أيِّ شيء آخر، وهيئ إليه أنها ليستْ هنا، هي التي تتكلّم، لقـد اختفـى صـوتها، ولم يعُد يَرى غير شفتيها، شفتيها اللتين تتحرّكان، كما لو أنهما تشيران إليه أن يتقدَّم، أن يأخذهما، أن يُلقي بها أرضًا ويمزِّق ثيابها، أن يشتعل فيها، مهشّما هذه الحكاية من جذورها، لتكـون واقعًـا تحسّه هـذه التـي لا تتوقّـف عـن الكلام.

- هناك من يطْرق الباب. هناك من يطْرق الباب!

قالت له مرّتين، قبل أن ينتبه، قبل أن يـنفض رأسـه، كـما لـو أنـه مبتـلّ بالماء، وينهض.

لقد عاد الكلام ثانية إلى شفتيها.

ثقيلة كانت خطاه، أشرعَ الباب. كان صديقه، صاحب المكتب.

- ألم تنتهوا؟!!

سمعتْ سلوى صوتَه، وأحسّتْ بجملته تـذهب نحـو معـان أخـرى. لكنها لم تكن قادرة على أن تنهض، وأن تطْرق الباب خلْفها مُغادِرَةً، بعد كلّ ما قالته. بعد أن وجدته أخيرًا، ذلك الشّخص الذي يُمكن أن يـستمع إليهـا إلى ما لا نهاية.

- لا...

- سأعود بعد ساعتين. يكفي!

- يكفي.

وانحدر إيقاعُ خطاه نـحو الرّصيف، رطبًا كالعتمة.

***

- لم يعد ينام، إلاّ ومسدسه تحتَ رأسه، عمّي.

قالت ذلك، كما لو أن شيئًا لم يحدُث.

وفكّر عبد الرحمن: هذه التي تقول إنها تحسّ بكلّ شيء قبل وقوعه، هـل أحسّتْ بي قبل لحظات؟

- هذا المسدّس الذي أخذ يظهر، وإن كان عدم ظهوره لم ينف أنـه كـان موجودًا على الدّوام. وكنتُ أسأل نفسي دائمًا: هل يستطيع الإنسان أن يحلـم والمسدس تحت مخدَّته؟ ألا يُخيف ذلـك الأحـلام؟ ولكنني لم أسـأله؛ كنـتُ أرى الدّوائر السّود المزرقّة تزداد كثافةً حول عينيه، كما كان يحدُث معي أيـام المدرسة، أتتذكر!! وكنتُ أُدرك أنه لم يعد يستطيع أن يحلم بمستقبل أفـضل يؤمّنه له حضرته؛ كان يعيش كابوس ألّا ينال رضاه، وبقي متأرجحًا هكـذا في مكانه.

.. لقد نظرتُ بكثير من التشفّي لتلك الدّوائر، وأنـا أراه يطـوف البيـت بها، ويغادره صبحًا للوظيفة بها.

***

وطارتْ عرباته نـاشرةً الفـزع في الـسّيارات أمامهـا، بتلـك الأضـواء، تتجاوز شارات المرور الحمراء، وتعـبر التقاطعـات دون رهبـة، نحـو آخـر العصر الذي يُسلم الشمسَ لذلك المغيب الدّامي.

وسمعتهم الجيران يضحكون وهم غير قادرين على إيـصال الملاعـق بـما فيهـا مـن طعـام إلى أفـواههم، دون أن يلوثـوا وجـوههم، ثيـابهم، في لعبـة الصّمت تلك.

اقتربت العرباتُ أكثر.

وسمعتُ الضحكات في الحارة تتلاشى، ودبيب القلوب يتصاعد.

وأمام غرفة حضرته وجدتُ نفسي، متشبثة بحلْق الباب، بكامل قوّتي دون أن أدري.

التفتُّ..

رأيته يدفعني..

صرختُ..

وسمعتُ الكلب ينبح..

خفتُ عليه أكثر..

أن يتجرأ ويأتي في وضح النّهار، فهو على استعداد لأن يغامر ويقتل الكلب! صدِّقني!! وسمعتُ صوتَ رصاصة قرب أذني، وراح فتات الإسمنت يتساقط من السّقف.

.. كل ما لدي من قوة تجمَّع هناك في رؤوس أصابعي. عندها ثبَّتَ ظهرَه في طرف الممرّ، ووضعَ إحدى قدميه في ظهري، ودفعني غير آبه بشيء، حتى موتي. فوجدتُ نفسي أرتطم بخشب السّرير، وقبلَ أن أمدّ يدي إلى وجهي لأتحسّس ذلك الخيط الذي بدأ ينساب مذعورًا، عرفتُ أنني أنزف، وحين استدرتُ مُحدِّقَةً في وجهه، رأيته يرتجف، ويُلقي بالمسدس بعيدًا، كما لو أنه يحاول دفع التّهمة عن نفسه..

..لم أُصدِّق ذلك، لم أصدّق، كان على وشك البكاء، أشفقتُ عليه، وسألت: أية دائرة هذه التي ندور فيها؟!!

سحبني نحو المغسلة، وهناك، رأيتُه، وجهيَ، غارقًا في الدّم، وكدْمة زرقاء مسودّة حول عيني اليمنى، كدْمة لا ينقصها سوى واحدة مثلها، ليعود وجهي إلى ما كان عليه أيام المدرسة. أتذكُر؟!!

- لم أقصد ذلك. لم أقصد.

***

بهدوء قتيلةٍ، رحتُ أمسح الدّم عن وجهي، بأصابعي، بملابسي، بالمنشفة، بمناديل الورق البيضاء، بالحيطان، وأُلقي بكل ما تطاله يدي بعيدًا ملوثا بالدم. وهو يتبعني..

- لم أقصد ذلك.

وتصاعد نباح الكلب، وسمعتُ السيارات تقترب أكثر..

سأستقبله أنا هذه المرّة. قلتُ. أنا التي ستفتح له الباب لا أنتَ.

وكان يرجوني أن أغسلَ وجهي.

- أنا دائما هكذا. دائما كنتُ هكذا.. لا عليك.

وسمعتُ خطوات انتشار حراسه، وخطاه الواثقة المحتشدة بالرّغبة تتقدَّم.

رفع أحد حراسه يده، وقبلَ أن تلمس الباب، أشرعتُهُ، فراحتْ يده تدقُّ الهواء، قبل أن يتنبه إلى أنها تدقّ الهواء.

صامتَيْن بقينا، وجهًا لوجه، لا، وجهًا لدم.

- أنتِ التي فعلتِ ذلك بنفسكِ؟!

هززتُ رأسي: هو!

وارتبكَ عمّي، كأنه لم يكن متوقِّعًا أن أُشير إليه.

وكان الكلب ينبح بجنون.

وفجأة، أخرج مسدسَه، صوّبه نحو عمّي الذي كان يحاول تجميع أجزائه المبعثرة خلْفي، آملا أن يكون جسدي النازف قادرًا على إخفاء جسده.

- إياكَ أن تفعلها، إياك أن تلمسها ثانية.

همس حضرته، من بين أسنانه.

وقلتُ: لن يحلم عمّي بعد اليوم.

وظلّ الكلب ينبح.

ثم سمعتُ طلقةً تنفجر، وأَنَّـةً ذابلةً تتبعها. وهدأ كلّ شيء.

طويلًا وقفتُ هناك، فوق الكلب، أرقبُ جدولَ الدّم الصغير ينسابُ من جمجمته الصغيرة بعيدًا بيأس، كما لو أنه يحاول إخراج ذلك الكائن القتيل من فتحة صغيرة في أسفل الجدار، وهو يتدفّق منها.

وابتعد..

16

غير آبهة بشيء، تقدّمت السّت زينب للمرّة الثانية نحو مبنى التّحقيق. كان ذلك بعدَ سنوات، بعد أن نسيتْ المدرسةُ الحكاية الأولى! بمجيء أفواج جديدة من الطالبات، ومغادرة كثير من المعلمات إلى مصائر أخرى، خارج الأسوار والصّفوف المدرسيّة، وبياض الطباشير.

تقدّمت السّت زينب؛ لكنها لم تكن السّت زينب القديمة، الآن تغيّر الكثير: على جانبيها شهيدان يحفّان بها، تتأمّل وجهَ الأول في ضوء ابتسامة الآخر الذائبة في الهواء.

- تمنيتُ أكثر من مرّة أن أبكي عليهما من جديد، أن أصرخ وألمّ الدّنيا، لكنني خفتُ أن يكونا قريبين إلى ذلك الحدّ الذي يجرّحهما فيه الدّمع.

هكذا كانت تقول لي.

في سكون تلك القاعة الواسعة المعتمة، كان عليها أن تنتظر، بهواجس متشابكة، تتطلع للحظات قادمة ليس فيها سوى الغموض.

- إذا كنتم تحقّقون معي لأني خرجتُ من هذه الدنيا بشهيدين، فأنتم مخطئون، لم يكن بودّي أن يموتا أبدًا، ولو كان بإمكاني إرجاعهما بالتّضحية بحياتي، لفعلتُ.

***

- حاولْ أن تتحدّث مع حضرته، قلتُ لعمّي، لا يجبُ أن تتبهدل السّت زينب إلى هذا الحدّ.

- تحدّثي معه أنتِ. أجابني. أنتِ الأثيرة لديه، ولا أظنّه يردّ لك طلبًا!!

***

- لِمَ لا تلمّي نفسَكِ وتغادري البلد، فهو في النهاية ليس بلدكِ. بلدكِ هناك، وفي زمن لا يتعدّى ساعتين يمكن أن تكوني بين أُختيكِ.

- تعرفون أن لديّ أختين؟ قالت السّت زينب.

ولم يجيبوا.

***

(نحن نعرف، الأعمار بيد الله، وقد قال لنا الوالد قبل أن يموت، إنه احتفظ بمناشف الموت الخاصة بك، التي رفضتِ أخذها يوم عرسكِ، إلى فلسطين. أتذكرين؟ هل نأتيك بها، عندما نزوركِ)!!

- بالمناسبة، إذا بقيت الأمور على هذه الحالة، فلن نسمح لكِ برؤيتها، ببساطة سنمنعها من اجتياز الحدود.

- أنتم أحرار.

وفجأة، حضر وجه علاء الدين واضحًا كما لم يحضر في أيّ يوم مضى - قالتْ لي- وهو يشير إليّ فَرِحًا:

هذه شجرتي!

زيتونة كبيرة، أبتْ أمّه إلا أن تزرعها في حوش البيت.

- لن أتركها للرّيح والعواصف في ذلك السفح، هذه زيتونة علاء الدّين.

زرعناها له يوم مولده.

- كان يهيأ لي أن علاء الدّين وزيتونته، يتسابقان، مَن يكون الأطول، ومَن يُعطي قبل الآخر، لكنني أَفهمته أن حكمة الأشجار تدفعها لأن تكبر وتُعطي، وأنكَ لا تستطيع أن تتغلّب على شجرة تنمو في حوش كهذا، محاطة بكل هذا الحب. كانت تقول له أمّه، وتسألني: هل سيطول الوقت قبل أن نزرع لابنه شجرة إلى جانبها يا زينب؟!

***

- يا ست زينب، أنتِ لستِ منهم. فلماذا تزجّين نفسكِ في وجع الرأس هذا؟

- لستُ منهم!! قدّمتُ شهيدين، كم شهيدًا يجب عليَّ أن أُقدِّم حتى أكون منهم؟!

- تفضلي إذن!! ولكن، توقّعي أن تكوني وحيدةً أكثر.

***

وعادتْ.

كنتُ أنتظرها على عتبة البيت. وكان بإمكاني أن أنتظرها داخله، لكنني لم أستطع. اندفعتُ نحوها كالمجنونة، أحتضنها، أتفقّدها، كما لو أنني كنت أخشى أن يكونوا قد انتزعوا قطعة من جسدها هناك.

- تعرفين يا سلوى، منذ زمن ألوم نفسي. كان عليَّ أن أزوِّجكما، وألّا أنتظر أبدًا، في الغربة لا تملكُ حقَّ الانتظار في مسألة كهذه، أعني الزّواج، إنجاب الأبناء، وقلتُ، ربما كان بين يدي الآن حفيد فيه رائحة أيمن، ورائحة جده. ربما كان الآن أطول من أبيه، وجده، وأكبر منهما بعد حين. ولكنني كنتُ أصحو وسط هذه الدوامة. بماذا تُخرِّفين؟ أكنتِ تريدين زينب أخرى، اسمها سلوى، يا زينب يكفيك شهيدان، يجعلانكِ أكثر هيبة في أعين رجال الأمن، ويكشّان أعين الرجال عنكِ، لأنك أكثر قُدسيّة في نظرهم من أيّ امرأة، ويتركانكِ تعودين آخر الليل حيثما كنتِ، دون أن يجرؤ أحد على أن يتساءل أين أَمضيتِ ليلتكِ؛ إنكِ حرّة الآن يا زينب، حرّة بشهيدين لم يصل دمهما إلّا إلى قبرين باردين، شهيدين لا يستطيع الواحد منهما الوصول إلى الآخر.

حرّة، فماذا تريدين أكثر من هذا؟!

- ست زينب.

وأفتح الباب

- صباح الخير
- صباح النُّور يا خوي.
- لا تنسي.. المذبحة على الأبواب!
- لم أنسَ.
- فهْمكِ كفاية.. إذا سمحتِ نريد شهيدًا.

***

- طيب شو عملتوا باللي أخذتوهم؟
- هذولاك راحوا على الجنة.
- متأكْدين؟!
- ولو!! طبعًا.

***

وهكذا..
لسنوات
ظلّوا كلّ ليلة يأتون، ويأخذون شهيدًا.

***

وخفتُ
خفتُ أن أذهب وأفتح القبر فأجدهم فيه!

17

ثلاثة أيام كاملة تجوّل عبد الرحمن بين القبور، قبل أن يصل إلى ذلك الخط المستقيم، إلى تلك المسافة التي يقطعها في ثلاثِ دقائق، لوصْلِ قبرين، وصَلَتْهما سلوى بما هو أكثر من خطاها على الدّوام.

"الوصول إلى القبرين، الوصول إلى واحد منهما وصولٌ إليها".

أدرك عبد الرحمن ذلك.

لكنه بعد مرور اليوم الأول دونَ أن يعثر على شيء، فكّرَ أيضًا: "إذا لم يكن ثمة وجود للقبرين، أو لأحدهما، فإن سلوى غير موجودة؛ إنها وهْمُهُ، لم تكن، لم تتّصل به، لم يجلس معها، لم يكتبْ عنها، ولم تُلق بالمخطوط من شباك في الطابق الثالث من بناية مهترئة، إلى شارع مهترئ"!

لكنه وصل.

قالت له: المشكلة أصعب مما تتصوّر. تريد شيئًا ما؛ تبدأ البحث عنه، تكتشف صعوبة العودة، كأن الكلمات صحراء، كأنك لا تملك إلاّ أن تتقدَّم خلف سراب؛ هذه هي الحكاية.

ماذا لو رأيتَ في البعيد واحةً حقيقية، ثم واصلتَ طريقكَ في اتجاه آخر، لاعتقادك أنها بحيرة سراب أخرى في هذا الامتداد؟

أنتَ لا تملك إلا أن تتبعَ كلّ سراب، ما دمتَ توغَّلتَ إلى هذا الحدّ في صحرائك الخاصة؛ ولذا كان عليَّ أن آتي.. آتي إليكَ!

- أُساعدكَ؟ سأله حارس المقبرة.

- شكرًا.

- هذه القبور أَعرفها، كما تعرف أسماء جيرانك.. لن تُحمِّلَني ما فوق طاقتي. أعرفهم، أعرف جنازاتهم، كيف جاءتْ، كيف ذهبتْ، أعرف من عادَ، وأنسى من لم يعُد، وأحنُّ على بعض القبور التي تُتركُ وحيدةً. أحيانًا أتساءل: وما الذي يعنيني؟! لكنني لا أستطيع النّوم تلك الليلة، فأبحثُ عن حجرٍ أو طوبة، وأسجِّلُ اسمَ الميت قبل أن أنساه. تعرف.. ما داموا قرروا البقاء هنا حتى الأبد، وأنا معهم، فمن الأفضل أن تكون علاقات الجوار جيدة فيما بيننا!!

وضحِكَ.

ولم يضحكْ عبد الرحمن: "رجل آخر مصاب بلوثة سلوى؛ لا شكَّ أنه يعرفها، ولذا لن أسأله عنها، سأجد القبرين وحدي".

وتركه حارس المقبرة، بعد أن اطمأنّ أن رجلًا مثله، لا يمكن أن يكون نبَّاش قبور.

لكنه عاد في اليوم التالي فقالَ الحارس جملةً عابرة دون أن ينتظر تعليقًا: لم يعد هناك مَنْ يبحث عن إنسان حيٍّ بهذه اللهفة في هذا الزمان، وها أنت تملكُ القُدرة لتبحث دون كلل عن شخص ميت. كأن الدنيا لم تزل بخير!

وابتعد.

لكنه قبل أن يختفي بين القبور تمامًا قال: تُذكّرني بسلوى!

ولم يستطع عبد الرحمن أن يقول له توقّف. وأن يسأله: هل تراها. هل تأتي هنا؟! هل ما زالت حيّة؟ أهذا يعني أنها ليست وهْما؟!

***

كما وَصَفَتهُ، كان قبر أيمن.

إليه.. وصل أولًا.

الخريف يتقدّم في الشّجر بضراوة، الأوراق تتساقط في اصفرارها قبل وصول الريح، لكن تلك الدالية كانت خضراء إلى درجة لا يمكن للمرء إلّا

أن يلحظها.

رطبًا كان التراب حول ساقها، وكذلك حوض الريحان الذي بدا له أكثر خُضرة مما يجب!

- سأنتظرها هنا، وستأتي.

وأسند ظهره إلى القبر.

شمس مطفأة، ولسعة بَرْد تمرّ بين ضلوعه، وللحظة أحسّ أنه دخل لعبة، وأنه حجر من أحجارها. راح يبحث عن وجهِ شبَهٍ ما بين سلوى وحارس المقبرة، بين حارس المقبرة وخميس.

***

- يوما بعد يوم، أصبحَ لبيت الدّرج حرمته. قالتْ له سلوى.

ولم يكن متأكدًا، هل قالت له ذلك في المرّة الأولى، أم قبل أن تُلقي بالمخطوط.

- سأعود للتّسجيل. وأبحث.

وحاول أن يتذكّر، لكي يطمئن أنه لم يزل قادرًا على أن يتذكّر، لا لشيء آخر.

***

- تلاشت شيطناتُ الصِّبْية. وأصبح بإمكان لينا أن تتخفّف من خزانتها التي تلبسها، وألاّ تكون مؤذية، وأصبح بإمكان خميس أن يعود كأيّ موظف محترم إلى عشه في وقت محدد، مُعلنًا عن قدومه ذلك الدّولابُ الحديديُّ لعربة النفايات.

- عاد إليه عقله أخيرًا. قال أحدهم.

وسمع الجملة.

لكنه لم يَفرح بها.

- حتى المجانين، ينسونَ يا خميس. قالت له لينا. ثم سألته: لماذا إنجنّوا إذن؟!!

وهكذا، وجدتْ نفسها مُتَلبِّسَة تصفع يدها من جديد، بقوّة لم تعهـدها. وجنَّ خميس: أن تعود إلى عادتها القديمة تلك، فهذا يعني لـه شـيئًا واحـدًا: أنها لا تحبه.

هدأت لينا.

توقّفتْ عن صفع يدها. تذكّرتْ أنه يكره تلك العادة. وأحستْ أنهـا لم تتوقّف إلاّ لأنها تحبُّ أن يحبها.

- لماذا فقدتُ عقلي ما دمتُ سأنسى؟

***

لكن خميس جُنَّ أيضًا.

- ما الذي حدث لنا يا لينـا. أصبحنا عـاقلين ومـؤدَّبَين. لم يعُـد قلبـي مطمئنًا لما يحدث، هناك شيء آخر، خطأ كبير نرتكبـه، دون أن نـدري ربّـما، أصبحنا كالناس. ننسى كلّ شيء؛ عليكِ أن تتذكّري ما مـرَّ بـكِ، بنـا، مـن جديد، اصفعي يدكِ!! لن أغضبَ منك.

- لن تغضب؟!! صحيح؟!

- آه. صحيح.

ابتسمتْ، وأخذتْ تصفع يدها.

- وسأصفع فَمي قال لها. وأُغني الأغنية.

عاد الصّمت ليصبح أسوأ مما كان عليـه، وأحـسّ أنـه يفقـد الأمـل إلى الأبد. حاول أن يجمع مشاهد حرب تشرين، ذلك "العبور" ويرتّبهـا، وأن يستعيد ذلك الوميض الهائل لصواريخ "سام" وهـي تمـشِّط الـسّماء باحثـة عن الطائرات المغيرة هنا وهناك، فلم يجد بين يديه شيئًا، حتى الأغنيـة، لقـد مرّ تشرين، كما مرَّ أيّ شهر قبلَه، كما سيمرّ أيّ شهر بعده.

(هذه آخر الحروب)

- إحنا عرب شجعان

ما حد فينا جبان.

انظري يا لينا، الشّرطيّ لا يضربني. إنـه يبتـسم. إنـه يعتقـد أنـني أؤدي التحيّة له. عليَّ أن أجد أغنية أخرى يا لينا. ولكن ما الذي حدث للأغـاني؟! أقسم لكِ يا لينا، أن كلَّ من استطاع استيعاب حزيران 67 قـد نجـا؛ الـذي جُنَّ، جنَّ يومها، والذي لم يُجن تَمْسَحَ. أنظري إليهم، لم يعـودوا يتـذكّرون، ولم يعد يهمّهم شيء سوى مصير خميس، وما إذا كـان سـيذهب إلى الجنّـة أم سيذهب إلى النار لأنه يحبّ البيرة..

... لقد كانت الدّالية على حقّ يا لينا. هـل حـدثتكِ عـن الدّاليـة؟ لا، لم أُحدِّثكِ.. نسيتُ.

- حدثتني، لكن أنا التي نسيت. أيّة داليـة؟ آه، تـذكّرتُ، قلـتَ لي إنهـا ماتت، وإنكَ لم تدفنها.

- لا شيء كالدّالية في البيت يا لينـا. نعـم لا شيء كالداليـة. أدخـلي أي بيت هنا..

- لا أستطيع، لا يسمحون لي.

- دعيني أُكمل، ادخلي أي بيت هنا، ستكتشفين أن هنـاك داليـة في كـلِّ حوش، ويمكن لنـا كفلـسطينيين -وحـدّق في وجههـا- لا تعتقـدي أنـني أبالغ، يمكن لنا أن نجيب إذا ما سألَنا أحدٌ عن عدد أولادنا..

- ليس لنا أولاد!

- أقصد، إذا سأل أحدُ الناس شخصًا آخر عن عدد أولاده، لن يكـذب إذا ما أجاب: إن عنده ثلاثة أولاد وبنت ودالية، حتى أن هناك من لا يكتفـي بدالية في بيته، فيسمّي ابنته دالية أيضًا! الدالية بنتنا والزيتونة جدّتنا والنّخلـة عمتنا! أنا يا لينا، فكّرتُ أن أُنجبَ دالية، أن أربّيها وأعتني بها، لكن ذلـك لم ينفع، فشلتُ في أن أكون أبا لدالية، تصوّري، حتى دالية، لأنني لم أفهمها!

- لم تفهمها، كيفَ لم تفهمها، الدّالية أَعقل مني.

- يا لينا يا حبيبتي.

- أنا حبيبتك!! أعرف هذا الكـلام، ومـا وراءه، تريـد أن تُنجـبَ مني

دالية.

- عقللكِ ضارب، الليلة.

- أنا أم أنتَ؟ أنتَ الذي قلتَ انك ستُنجب دالية، ثم أنتَ رجل، فكيف ستنجبُ دالية، وكيف تَلِدها؟

- فكّرتُ أن أزرعها يا مجنونة، وزرعتُها.

- قُلْ من الأوّل!

- لكنها كانتْ تموت كلّ مرّة.

- تموت كلّ مرّة؟ كيف؟ كم مرّة تموتُ الدّالية؟

- كثيرًا.

- كلما زرعتَها ماتتْ؟ كنتَ تقتلعها وتزرعها؟ طبعًا ستموت!

- يا لينا، ليست الدّالية نفسها.

- غيرها يعني؟

- آه!

- يعني أنك أنجبتَ أكثر من دالية، وأنا أيضًا أنجبتُ أولادًا.

وبدأتْ تبكي.

- لا تبكي يا لينا. يكفي أن أَبكي وحدي. أُسكتي. أنا لا أريد دالية الآن. كنتُ أُريدها زمان، لكنها كانت تموتُ كلَّ مرّة، أسقيها تموت، لا أسقيها تموت. في البداية كنت أتشاجر مع الجيران، كان مصْرف المياه قد فاض وأغرق الدالية بالصابون، فماتت. لكنها ماتتْ مرّة أخرى دون أن تصلَ إليها مياه الصَّرف. فقالوا لي: حتى لا تقول إننا السبب، الله برّأَنا!

لذلك كان عليّ يا لينا أن أُفكر وأن أُغيِّر موقع الدالية، فغيَّرته، ووضعتُ شبَكًا لحمايتها، ولم أقتلها بالدّلال ولا بالبخل عليها، أسقيها كما يجب أن تُسقى الدالية، يعني، لكنها ماتت!

- الدّالية نفسها؟!

- آه الدالية نفسها. صرخ خميس.
- ولكن كيف ماتتْ أكثر من مرّة؟
- يا لينا، كبّري عقلك، تلكَ دالية أخرى، قلتُ لك هذا ألف مرّة!
- ألف مرة! هذا يكفي فعلًا. طيّب ياللـه نغنّي زي زمان.
- زي زمان؟! الليلة الماضية غنينا.
- الليلة الماضية زمان. يالله:
طياره يُمّه بتدور فوق حارتنا.
- هذه غنيناها كثيرًا، يا ريت كانت (إحنا عرب شجعان) تنفع.
- هذه تجعلك تبكي حين تغنيها.
- هذه تبكيني لأنني لا أستطيع أن أُغنيها كما كنتُ أغنيها زمان.
- جننتني!

***

- إذا سمحت يا أخ خميس وطّي صوتك.
- حاضر.
وغاب الصوت.

***

وصمتتْ لينا طويلًا، ثم عادتْ تسأل:
- طيب والدّالية، شو صار فيها في الأخير؟!
- ماتت.
- كمان مرّة؟!
- آه، كمان مرّة!
- مين أَحسن، أكون دالية والّا أكون لينا؟!
- والله مش عارف، لكن كلّه زي بعضه.
- كيف كلّه زي بعضه؟

- لأن الدّالية ماتت يا حبيبتي.

- ليش؟

- لأنها كانت مزروعة فوق جورة خراء، إفهمتي؟!!

***

- يا أخ خميس صوتكم معبّي الدنيا. خففوا شوي، بدنا نعرف إنّام.

- يعني إحنا الوحيدين اللي بنطيّر النوم من عنيكوا في هالزمن؟!

- مبيّن إنك سكران طينة الليلة، هذا الحكي مش حكي واحد صاحي.

- وأنا بقول كمان!

- يا خميس هيك راح تروح عالنار!

- بعرف يا أخي والله، بعرف إني راح أروح على النار. يا أخي بس هو في عنّا قلة شُهدا.

- استغفر الله العظيم. أنا اللي غلطان وبحكي معك.

- لا، أنا اللي غلطان وبَرُد عليك. ناولني رأسك من الشِّباك تـ أبوسه.

واعتمت الدنيا أكثر.

***

- هل يكون اليوم لقبر أُمّها. تساءل وهو يسند ظهره إلى قبر أيمن.

لم يعرف كم مرَّ عليه من وقت هناك.

- بإمكانك أن تأتي غدًا!

جاءه صوت الحارس. وأضاف.

- لقد هربوا بما فيه الكفاية في حياتهم، لـذلك فـإن اسـتراحتهم طويلـة هنا؛ باستثناء هؤلاء الذين يسندون ظهرك الآن!

18

- رغم أن قدوم حضرته كان عبثًا ذلك النهار، إلا أنه اعتبره مقدِّمة للمجيء في أيّ وقت، ثمة حاجز من الحرص قد تكسَّر، من المواربة، والسَّير بمحاذاة العتمة. عرفتُ ذلك، وأدركتُ أي ثمن ذاك الذي سأدفعه من أعصابي وحواسي السّاهرة حدَّ الإعياء على الدّوام، كي لا يفاجئني.

لكن سفرة طويلة له خارج البلاد، أعادت الطمأنينة لي من جديد.

- إنه يتصل يوميًّا، ولا أستطيع أن أقول له على الدوام إنكِ خارج البيت. قال لي عمّي.

وصمتَ.

- ثم إنني لا أستطيع أن أقول له إنك نائمة أيضًا. لقد قلتُ له ذلك منذ خمس ساعات!

كان الثلج يتلاشى عن شوارع المدينة وتلالها، ويتكوَّر على نفسه هناك في ظلّ شجرة، مُنسحبًا ببطء نحو الجذوع، كما لو أنه يريد أن يتسلّقها عائدًا إلى زمانه الأول، لكنه سيبقى هناك، فترات طويلة، بقعًا بيضاء تتشبّث دون جدوى بأمل ضائع. .

.. طوال سنتين أنقذني الثلج، وهو يأتي عاصفًا، طاغيًا، غامرًا الأرض، مُغلقا الشوارع أمام أكثر العربات قوّة. أتأمله وأحسّ بياضه فيّ. وقلت: لعلَّه يرتجف في عرائه هناك.. مثلي.. وفكرتُ أن أفتح له الباب، فجنَّ عمّي، وغافلتُه.. وفتحتُ نافذة الغرفة الكبرى، الصّاعدة في قمة المبنى ترقّب

حضرته. وقلت: هكذا تستطيع النافذة أن تراه ما إن يُطل من طرف الشارع، وربما تصيح، اختبئي يا سلوى؛ لكن الغرفة أحسّت بذلك الذي أُدبِّره، ولم تفهم النافذة، فحاولتْ أن تصرخ، وصرختْ، عندها دخل البرْد؛ وسأل عمّي:

- ألم تشعلي التدفئة يا سلوى؟

- أشعلتها.

- تفقّديها.

- تفقّدتُها.

ومرَّ وقت طويل قبل أن يُلملم جسده ناهضًا ليطمئن..

دارَ في الممرات، وكان عليه أن يذهب إلى البوابة البيضاء مباشرة. البوابة المذهَّبة للغرفة الكبرى، توقَّفَ.

- البرد يأتي من هنا!

- أحسَّ بذلك قبل أن يفتح البوابة. لفحه البرْد المختزَن في مقبضها، قبل أن يلامسه، بحثَ عن المفتاح لم يجده. أين المفتاح؟!

ولم يكن ثمة مفتاح اسمه المفتاح، غير مفتاح تلك الغرفة الذي طوَّحتُ به بعيدًا خلف سريره.

قلت: هكذا سيعتقد أن المفتاح سقط منه.

***

- يا سلوى مشكلتك ليستْ مع المفتاح. قالت السّت زينب. أن تُضيِّعيه دقائق أو ساعات، كأنك تلعبين الأستغماية؛ مشكلتك أنك صامتة حتى الآن، وتستمرّين في لعب دورٍ تكرهينه. من يعرف؟ ربما كانت شيخوختي وحدها هي التي تحميني، ربما علاء الدّين، وأيمن. لكن فمي مكمَّم أيضًا، منذ تلك الليلة حين انتزعوكِ فيها من بين يديّ.

***

جاء عمّي عند المغيب، دقَّ باب السّت زينب.

- يا سلوى مكانكِ بيتكِ، عليكِ أن تفهمي ذلك. أنتِ تحرجينني مع حضرته، لا يمكن أن أتركه وحده، وأقوم لأُعدَّ الشّاي أو القهوة، في النهاية أنا والدك، بمثابة والدك! وتذكّري، أنا لا أستطيع أن أتصرّف معه هكذا إلى ما لا نهاية.

- وأنا؟! ألّا أُهمّك؟

- أنتِ الأغلى منذ وفاة أُمك!

وضحكتُ: أحمدُ الله أنها ماتت!

- لماذا تقولين هذا الكلام؟!

- لأنني لا أشكُّ لحظة في أنك كنتَ ستقدِّمها له!

التفتَ إلى السّت زينب التي كانت تراقب المشهد، وفي عبارة يغمرها الأسى سألها:

- أهذا كلام ابنة لعمِّها؟!

ثم التفتَ إليّ.

- الليلة ستكونين في البيت. واستدار عائدًا من حيث أتى.

قلت: أَوَصَل به الجنون إلى ذلك الحدّ الذي يذهب فيه مطمئنًا أنني سأتبعه هكذا، على رجليّ هاتين، طائعةً، وحمدتُ الله أن الأمر انتهى على ذلك النحو.

***

دُقَّ باب السّت زينب.

أَشرعتُ الباب.

- مَنْ، سلوى؟ فوجئوا.

- آه سلوى، تعرفونني!!

- طبعا، زوجة أيمن.

- لا، خطيبته.

- لا، زوجته.

-زوجته، زوجته! أنتم تعرفون أكثر مني! ماذا تريدون؟

- نريد شهيدًا.

ضحكتُ طويلًا: وماذا ستفعلون به؟!

- هذا لا يعنيكِ.

- ولكنني بنت.

حدَّقوا في وجوه بعضهم بعضًا، ثم عادوا يحدّقون في وجهي.

- بنت، بنت!! هذا لا يعني شيئًا!! ستُّنا مريم عليها السلام!! قدَّمتْ واحدًا من أعظم شهداء فلسطين في التاريخ، عيسى عليه السلام، وكانت بنتا، هل نسيتِ؟!!

***

وعادتْ قبضات كثيرة تدقُّ الباب..

- سأفتح. قالت السّت زينب. لست مطمئنة لانصراف عمّك على ذلك النحو.

ولم تكن قد وصلت الباب، حين اقتلعتْه قدم خبيرة واثقة بعنف مجنون، فتأرجح طويلًا أمام وجه الست زينب، على بُعد شبر لا أكثر، وإلى تلك الزاوية البعيدة امتدتْ أيديهم.

- أين تأخذونها؟ صرخت السّت زينب.

- إلى بيت أبيها!! وليس إلى بيت خالتها، اطمئني!

.. كنتُ أعرف أنه يمتلك الجرأة لأن يفعل أيّ شيء، حتى على هذا المستوى، كنتُ أعرف أنهم سينفّذون طلبه: عمّي. وأستطيع أن أقول لكَ الآن: إنه لم يكن بريئًا من المضايقات المتكرّرة التي تعرضتْ لها السّت زينب تلك الفترة.

كلما ذُكر اسمُها مساء على لساني، كانت صبيحة اليوم التالي عرضة لتحقيق بلا معنى.

***

قلت: سأعلِّقُ صورته هنا، أمام الغرفة. سأعلِّق مُلْصَقَهُ، وليكن ما يكون، وذهبتُ إلى أحد المحلّات، وبقيتُ واقفة فوق رأس الرجل إلى أن صنع الإطار، دون أن يبدي أيّ اعتراض على بقائي إلى جانبه طَوال الوقت. وكنت أرى مدى الرِّقة في أصابعه وهو يرفع مُلْصَق أيمن، يمسح عنه كلّ أثر للغبار، ويُعدِّل ثنياته البارزة، ثم يضعه تحت الزجاج، ليهبط بالإطار ويقلبَ الصورة، ويبدأ بتثبيت الخلفية بمسامير صغيرة وشريط لاصق.

- استشهد زمان!

قالها وهو يُحدّق في التاريخ المحفور في اللون الأسود تحت الصّورة.

وهززتُ رأسي.

- كان عليكِ أن تضعيها في إطار منذ تلك الأيام.

- أنتَ تعرف.. كان عليّ أن أُخبئها أحيانًا.

- أعرف.

وحين سألتُه عن ثمن الإطار. ابتسم لي بحزن: أنتِ قدَّمتِ شهيدًا، وأنا قدَّمتُ لك إطارًا. فمن هو الأكثر عطاء.. أنا، أم أنتِ؟

شكرتُه، وخرجت.

***

- إن عدم الوفاء للشّهداء هو بداية الهزيمة الحقيقية لأيّ أُمة.

قال حضرته ذلك وهو يتأمل صورة أيمن هنالك فوق البوابة البيضاء المذهَّبة.

- كان عليكِ أن تُوليها عناية أكبر يا سلوى. سأطلب من أحد الفنانين الكبار رسمها من جديد، وبالألوان. الأسود يزيدها حزنًا، أليس كذلك؟! أعرف، قد لا تحبّين إرسال الملصق إلى أيّ مكان. لأنك تخافين عليه! لكن اطمئني، لن يصيبه سوء.

ولم أكن أُريد أن أطمئن.

سحبني عمّي من يدي، ما إن دخل حضرته الغرفة الكبيرة وأخذ مقعده المعهود هناك. سحبني وهو يُصرُّ أسنانه.

- أهذا هو الرّجل الذي يعتدي عليك، كنتُ أتصوّر أنه سيقتلكِ مقابل فعلتكِ. لكن انظري، كم كان طيبًا معك. إنه إنسان حقيقي، إنه يعرف الحزن مثلك، مثلي، إنه يكاد أن يبكي، انظري إلى عينيه، كيف أصبحتا منذ أن فقدَ زوجته! كان يمكن أن تلاحظي ذلك لو أن لديك قليلًا من النَّظر، أما أن تواصلي التّحديق ببله دون أن تلاحظي، فهذا يعني أنك عمياء. هذا رجل اختبر مرارة الفقْد ألا تُحسِّين بذلك؟!

***

تلك الليلة كانت الأقسى

لكنه لم يصدِّق.. عمّي..

***

- الذي تنتظره لن يأتي..

قال حارس المقبرة.

- وكيف تعرف أنه لن يأتي؟

سأل عبد الرحمن.

- لأنني أعرف ما يأتي، وما لا يأتي هنا، أنت تنتظر شبحًا.

19

أطلَّ صباح صاف، كأنّه لم يخرج من ليلة بالغة السّواد، أحسستُ به يدعوني لأن أفتح الباب، وأن أمشي، وأواصل المشي على غير هدى، إلى أن أسقط في النهاية بعيدًا، بعيدًا إلى تلك الدرجة التي لن يستطيع فيها أحد أن يتبعني، أبعد من البعيد قليلًا. أين؟ لا أدري، لكن ثمة نقطة، لا بدَّ أن تكون هناك، لا يستطيع أن يصلها أحد غيركَ، لا ليست الموت، لا إنها شيء آخر، شيء لكَ وحدك.

لكن الوصول إلى بوابة البيت الخارجية كان صعبًا.

- سأعود إليها. قلت لعمّي.

- مَنْ؟

- السّت زينب.

- لأيام فقط..

- لأيام فقط. وفاجأني قبوله الذي لم يكن متوقّعًا.

في الطريق الضيّق قابلتها وكلُّ الطّرُق ضيقة.. ما دامت تؤدي في النهاية إلى المقبرة.

في يدها حقيبتها الصغيرة السّوداء، وسلة بلاستيك فارغة. لكن السّت زينب لم ترها. هزّتها من كتفها تنبّهتْ.

- سلوى؟! شو جابك؟

ولم تدرِ سلوى بماذا تجيب.

- أحسّ بأنني أمشي على أشلائهم.

ولم تسألها سلوى: مَنْ أولئك؟ كانت مذبحة صبرا وشاتيلا في كلّ مكان.

- لم يتركوا لنا الكثير من الأشياء. أضافت.

- هل أمشي معك؟

- لا.. اذهبي أنتِ للبيت، وانتظريني هناك، سأشتري خبزًا، وبعض الحاجيات ثم أعود.

***

فتحتْ سلوى بوابة الدّار الخارجيّة، لفحتْها رائحة الرّيحان، وما تبقّى من خضرة الدالية على كتفيّ أيلول، حوض النّعناع قرب بوابة الغرفة، وياسمينة شاحبة قرب طاقة الحمّام الصغيرة العالية.

ليس ثمة،حتى، حجر واحد في الباحة، نظيفة كانت، كما لو أنها سرَّحتها بمشط. كلّ شيء في مكانه، وكما يجب أن يكون عليه، لكن تلك الدّقة الصارمة في ترتيب الأشياء، تكمن خلفها بقسوة، مرارةُ فوضى الرّوح ووحدتها.

- أستطيع أن أؤكد ذلك لأيّ ميت هناك، أو هنا!

أدارت المفتاح في قفل الغرفة، دخلتْ، العتمة سيّدة المكان، عرفتْ طريقها نحو مزلاج النافذة، أدارتْهُ، عمَّ الضّوء.

الصّورُ في مكانها،

الكتب،

الجدران البيضاء.

ربما كانت السّت زينب أوّل من دَهَنَ جدرانه بالأبيض في المخيم، الأبيض العميق المطفأ. وهناك، فوق السّرير كانت الشَّراشِف بيضاء تُطلُّ من تحتها مخدَّتان بلون أبيض، مطرزة أطرافها بزهور ورديّة صغيرة متقنة،

لطالما أحبَّتْ سلوى تلك الأزهار، وتحدثتْ عنها. الأزهار التي حيكتْ برقّة لا توصف: تموُّجات لونها، الخطوط الدّقيقة، المساحة الصغيرة التي تحتلّها بهدوء.

- لم يكن للبياض أن يكون ذلك البياض لولا تلك الوردات. قالت سلوى. وكنتُ أصدِّق عينيها.

في الزاوية طاولة خشبية، بدُرج واحد، ملتصق بها تمامًا كرسي السّت زينب المصنوع من خشب الزّان، بظهره الذي ينحني عند أعلى خصر الجالس عليه في استدارة لا تبلغ نصف قوس؛ اثنتان من أرجله تختفيان تحت الطاولة؛ ويستند إلى الحائط بصمت، كرسيّ القش الذي كان يومًا ما لأيمن.

- كل شيء في مكانه، كما رأيته أول مرة.

- حين تكونين وحيدة تتغيّر نظرتك للأشياء، تصبح أكثر قربًا، تغسلين الصحن مرتين، لا تطيقين ذرّة غبار فوق إطار صورة، أو كتاب؛ كم أكره الغبار، لا تستطيعين أن تعرفي من أين يدخل يا سلوى، حتى لو أحكمتِ إغلاق النافذة، الباب، وأبقيتِ حذاءك في الخارج، لا تستطيعين أن تطمئني، قد يُغطيكِ دون أن تنتبهي. يدفنكِ بهدوء مميت، كأنّه الزمن، كأنّه النسيان. يا سلوى، سأقول لكِ شيئا: أنا لا أخاف الزمن، لكنني أرتعدُ أمام النسيان.

***

- لماذا تتأمّلين الأشياء على هذا النحو يا سلوى؟ لماذا كلّ هذا الخوف يطلُّ مرّة واحدة؟ أسأل نفسي، وأنسى أن أجيب!

***

لم تكن قد جلستْ، حين سمعتْ صوت اهتزاز الباب، هناك من يحاول الدّخول، وحين لم يُفْلِحْ، تصاعدتِ الطَّرقات.

ركضتْ سلوى نحو الباب، فتحته.

- ست زينب، عُدتِ بسرعة.

والتفتتْ إلى سلّتها فوجدتْها فارغة.

- يلعن الشيطان؛ أحسستُ أنني نسيتُ إقفال بوابة البيت. تصوّري. نسيتُ أنني أعطيتكِ المفتاح!

***

- حزينة كانت ذلك اليوم، مكسورة، وذات خطى زائغة لا تعرف الطريق إلاّ بقوة الغريزة. امتدتْ يدي إلى السّلة، تناولتُها من يدها، ولم تكن يدها التي تقبض على السّلة هناك، كانت غائبة.

.. سأذهب أنا. قلتُ، ولم ترد، كأن الأمر لا يعنيها. لكنها انتبهتْ أخيرًا فقالت: لا، لا، سأذهب أنا واستعادت السّلة من يدي.

وقلتُ: أينها السّت زينب؟ كما لو أن اليوم يوم أيمن، كما لو أنه ذلك اليوم الذي أتعبناها كثيرًا فيه، فأوشكت أن تترك المدرسة وتتركنا:

.. دخلتْ معلمةُ العلوم الصف، فوجئتْ بطالبات يضربن المقاعد بقبضاتهن، ويصرخن معًا: بدناش إياكِ.. بدناش إياكِ!!

وحين جاءت المديرة، واصلن الهتاف: بدناش إياها.. بدناش إياها.

ووقفتْ معلمة العلوم تبكي، قبل أن تغادر غرفة الصَّف راكضة.

- حتى هذا اليوم، كلما مررتُ من ذلك الشارع، أحسُّ بها راكضةً أمامي، حافية، وشعرها متطاير مبلّل بالدموع. جملة واحدة قالتها في فوضى انهدامها: العلوم لا تُدرّس كالإنشاء. البنات لن يفهمن إذا لم تكن هناك وسائل تعليمية.

.. وجاءت السّت زينب، استندتْ إلى اللوح. وظلَّتْ صامتة، وكنا نسمع نبضاتنا تعلو وتعلو، وانتهت الحصة، دون أن تحرِّك أيَّ جزء من جسمها.

ودخلت المديرة: ستنظفن المدرسة أسبوعين كاملين، مفهوم!!

وخرجتْ

كانت المكانس في انتظار الطالبات، أوعية المياه، المماسح، وخِرَقُ تنظيف النوافذ.

بصمت اختارتْ كلٌّ واحدة منهن دوْرَها، وظلَّت السّت زينب واقفة هناك، كما لو أنها تحوّلتْ إلى قطعة من خشب، وحين لم يبق سواها هناك في الغرفة، تحرّكتْ، تبعتهن صامتة، تناولتْ جردل ماء وممسحة، فاندفعتْ أكثر من طالبة لمنعها، أبعدتْهن بإشارة من يدها، وراحتْ تشطف الأرضية إلى جانبهن، الأدراج، حواف الجدران السُّفلى، بصمتٍ كامل لمدّة أسبوعين.

***

- لقد فشلتُ. قالت للمديرة، وكان عليّ أن أُعاقبَ معهن!

والتفتتْ إليّ.

- تعرفين، تلك هي المرّة الوحيدة حقًّا، التي فكرتُ فيها بترك التدريس إلى غير رجعة، ولكن شيئين جعلاني أَعدل عن القرار: ذلك البكاء الحارق من قبل الطالبات، ووجهكِ يا سلوى.

.. لقد خطتْ نحوي، هزَّتني، ولوهلة اعتقدتْ أنني ميّتة، لا تتصوّر، كم خفتُ أن تتلاشى هكذا. ولم تعد الطالبات قادرات على مخالفة أمرٍ لها، إلى أن صرختْ في وجوهنا.

- لستُ مُنْزَلَةً!

.. وواصلنا فروض الطّاعة العمياء. إلى أن اهتدتْ إلى حلِّ الجريدة؛ تشتريها طالبة في طريقها إلى المدرسة، تطلب من واحدة منّا أن تقرأ خبرًا، وتدعونا للتّعليق عليه؛ وكان هنالك من الأخبار ما يدعونا للضَّحك، وما يدعونا للبكاء.

(مقتل سائق دراجة نارية بعد اصطدامه بعامود كهرباء)

- كذَّابين!!

- كذَّابين!!

كان المخيم كلّه يعرف كيف تم تهشيم رأسه قبل أن يصل إلى دراجته.

.. بعد زمن، وقفتُ، أنا سلوى، وقرأتُ كلمة اعتذار أمام الصَّف بحضور معلمة العلوم، أنا التي رفضتُ أن أقرأها في البداية.

- ولكنني لم أصرخ معهن حين صرخن. قلت للست زينب.

- أعرف. قالت لي.

وبكت الطالبات،

بكتْ معلمة العلوم ثانية،

ولكنّها لم تخرج راكضة بذلك الانفعال الذي تخالها معه حافية.

***

وعادت من السوق.

- أتريدينني ألاّ أَقلق على ما في البيت، كلّ حياتي في هذه الغرفة؟! قالتْ لي.

***

- وأنتَ تريد أن تقول لي ما هو المهم وما هو غير مهم!! عليكَ أن تعيش ذلك قبل أن تقرر. أنا التي عشتُ. أنا التي يُمكن أن تفهم ما إذا كان الأمر يستحقّ ورقة بيضاء أو مائة لتخفيف القليل من حلكة سواده.

وقال له الحارس: إنك تنتظر شبحًا.

وأدهشه أنه ليس من ذلك النوع المألوف من حراس المقابر: كان طويلًا على نحو مُلفت، قامة مشدودة وذقن حليق، وعلى غير تلك الصّورة التي رآه فيها أول مرّة.

- لم أكن يوما في المكان الذي أنا فيه!

متى قالت سلوى ذلك؟

لا يذكر عبد الرحمن أبدًا.

ونثرت الأوراق فتساقطتْ فوقه،

وظلتْ ورقة هناك تتأرجح،

يحاول الوصول إليها، يقفز،

يُنشبُ أظافره في الهواء،

يتسلَّقه،

وتظلّ مكانها،

تتأرجح،

يُحضر كرسيًّا من أمام باب أحد المحلات التجارية،

يصعد فوقه، يمدُّ يده،

وتظلّ مكانها،

تتأرجح،

يُمسكُ بعصا مكنسة يستلّها من واجهة دكان، ويحاول أن يُنزل الورقة بها، ولكنها تظلُّ تتأرجح. يقطعُ الشارع، يسحبُ قفصًا مليئًا بالعصافير ويضع فوقه قفصًا آخر ويصعد. لكنها تظلّ تتأرجح، يجري نحو سُلَّم مستند إلى عامود كهرباء، يترك رجلًا مُعلّقًا في الفضاء، وحين يعود لا يجدها هناك.

- قدرتُها على الكذب ستدهشُ الكثيرين. ولن أكون هناك لأقول: إنها تهذي. فكّر عبد الرحمن. كنتُ أودُّ فعلًا أن ألمس شعرها. وقلتُ لها: هل تسمحين بأن ألمس شَعرك، فلم تقلْ شيئًا ولمستُ شعرها، واستراح خدّها في راحتي لأقلَّ من ثانية ليس إلّا. خدّها الملتهب بحرارة لست أدري من أين تجيء. وانتبهتْ. فأحسستُ بجسدي باردًا، ورحتُ أرتجف.

.. ستذهبُ إلى أحد ما ويصدِّقها. هذا جنون. جنون أن يصدِّقَها أحد. ولكنهم صدّقوا زوجتي، ماذا قالت؟ لست أدري. مَنْ يعرف ما الذي يمكن أن تقوله امرأة تنسلُّ من البيت حاملة ابنها؟ لكنني أعرف أنهم لم يكونوا هناك، حين كانوا هناك، أصدقائي، حولي، وحين تلاشوا بصمت، كما لو أنهم لم يعبروا حياتي ذات يوم.

- على أن أُقفل بوابة المقبرة. إذا سمحتَ الدنيا ليَّلتْ. إلاّ إذا أردت أن تنام هنا، بينهم!

وراح الحارس يشير إلى امتداد الشّواهد، الذي بدا وكأنه لا ينتهي

هنالك عند السُّور. وعندما وصلا البوابة الفاصلة بين الحياة والموت، وبينما راح يقفلها، سأله الحارس:

لو لم تقلْ أيَّ شيء لفهمتها. كيف قالتْ لك كلّ شيء ولم تفهمها؟!

20

- قاتله الله.

أَطلقَها ثلاث مرّات متتالية، فلم أعد مطمئنة إليه!

***

تعترف سلوى أن ذهابها للشيخ كان آخر سهم في جعبتها. ثم تستدرك: لا.. السّهم ما قبل الأخير، أما السّهم الأخير فقد كنتُ أدَّخره لمهمة أخرى، ربما لإطلاقه باتجاه نفسي.

شاهدتْ صورتَه أكثر من مرّة في الصحف، قرأتْ كلامه، سمعتْه، وأعجبتها تلك الجرأة المتواثبة بين الكلمات. سَمِحٌ بلحيته واستدارة عينيه، بنظرته التي تبدو أقرب إلى الخجل منها إلى الشّجاعة.

- لكنه كان شجاعًا، أعترفُ لك!

كانت على يقين من أنه سيفهمها، حيث التّقوى والعِلْم يجتمعان معًا في ذلك الوجه الطفولي الذي يبدو وكأنه دائمًا على وضوء.

***

- ذلك الشّيخ كان ضحيّة جنونها أيضًا.

قال عمّها.

ولم تعد السّاحة المكتظة أمام عيني عبد الرحمن قابلة لأن تتّسع لشيء، لا لسيارات ولا لبشر، وأدهشه ذلك الإصرار العجيب للسّائقين على عبورها،

وكذلك الجموع المتدفِّقة من أربعة شوارع تصبُّ فيها، كما لو أنها بحيرة من غبار وعرق ولِزوجَة.

وفكّر في سيارة الشّرطة، حاول أن يتذكَّر كيف خرجتْ، لم يستطع، بحث عن الشرطيّ، هناك، بين الناس، لمحَ طاقيته الكحليّة، إلاْ أنه لم يتمكّن من معرفة ما في يده تلك اللحظة، أذنٌ أم يد أم فراغ؟

***

- وذهبتُ..

بحثتُ عن مكتبه طويلًا في الجامعة، إلى أن اهتديتُ إليه، لكنّه لم يكن هناك.

- في المحاضرة.

قالت طالبة تعبر الممرّ حين رأتني أُلحُّ في الطَّرْق على الباب.

وانتظرتْ.

- وقفتُ أحدِّق في الطالبات، كما لا يمكن أن يحدّق شاب لم ير فتاةً في حياته، كنتُ مذهولة تمامًا أمام الاندفاع الحرِّ في أعينهن، خطواتهنّ، ابتساماتهنّ، شعرهنّ الذي يدفعنه بحركة مفاجئة من الرأس باتجاه الظَّهر أو الكتف. الله، كم كبرتِ يا سلوى! ودونَ أن أدري أحسستُ بدمعتين باردتين على خدّي، امتدتْ يدي بصمتٍ، مسحتهما.

وتأخر وصوله.

ولم يكن ذلك وحده الذي دفعها لمغادرة الممرّ.

- كنت وما زلتُ أكره الأماكن الضيقة، في الأماكن الضيّقة لا توجد جدران، في الأماكن الضيقة لا توجد غير الزوايا.

سطعت الشمسُ فجأة حين وصلتُ البابَ الخارجي لمبنى الكلية؛ بين الأرجل كان بإمكانها أن ترى عشرات العصافير تتقافز دون خوف.

- لا أتذكّر أن عصفورًا اقتربَ مني إلى هذا الحدّ.

راعها ذلك العدد الهائل من الفتيات المحجّبات، جنبًا إلى جنْب مع

اللواتي يلبسن آخر المبتكرات. ورغم قلقها وارتباكها بين تلك الأشجار العالية من السَّرو والصنوبر، وجدتْ نفسَها تبتسم.

- لماذا؟ تسألني لماذا؟ لقد خطرَ لي أن كلَّ قطعة قماش تُختَصَر من على جسد، تذهب إلى جسد آخر لتزيد من حصانته. العالم غريب!

تحتَ قمصانٍ شفّافة كانت تُطل ألوان لم تحلم بها من قبل، ألوان صدريات تحمل أَعباء نهود شابَّةٍ بفرح شديد، وتحت القمصان يتموَّج بهدوء واثق طيف لحم ورديّ.

- قلتُ لكَ، لقد حدَّقتُ فيهن كشاب جائع!

ونَضِرةً غدتْ سلوى. امرأة أخرى، فتاة.. لم يستطع عبد الرحمن أن يُحدّد ذلك، لكن توقًا ما كان يدفعه نحوها، يجرُّه، لم يكن لأنها نضرة فقط.

هو يعرف أن زوجته صمتتْ من زمن، لقد منحها الولد كاملًا! لا، لم يكن مستعدًّا لتحَمُّل الكلام الذي يمكن أن تقوله، ما دامت المسائل مُعلّقة بينهما.

بصمتٍ قَبِلَ شروط الطلاق، طلاقها، وطلاق أصدقائه كلّهم.

هو يعرف أن بعضهم لم يزل يبتسم له إذا ما تصادفا وجهًا لوجه، وربما يمد له أحدهم يدًا باردة ليصافحه، لكنها ليست تلك اليد القديمة، كما لم تكن تلك الابتسامة نفسها.

رغبة عارمة فيه، أن يهشّم شيئًا ما فيها، هذه التي أَمامه، جسدها، كلامها، التماع عينيها الباهر وهي تقول كلّ ما عليها أن تقوله دون خوف.

***

طويلا انتظرتْ سلوى، حتى أصبح لها صدريَّتها الخاصة بها، كان يمكن لجدّتها أن تختصر ذلك الزّمن كثيرًا، إلاّ أنها لم تنتبه إلّا قبل موتها بشهور.

- لقد عَجَزْتُ يا سلوى، هَرِمْتُ، إلى درجة أصبحتُ أنسى فيها أن للفتيات أثداء غير تلك التي لي! وأن هذا الزمان ليس زماني!

وسحبتْها من يدها إلى أقرب "بوتيك".

وكان ذلك زمن "البوتيك"!

بين محل وآخر كنتَ تجد محلَّين، حُمّى ما، ضربتْ عقولَ البشر، فأصبح البوتيك هو المشروع الوحيد الذي يخطر بالبال، إذا ما فكَّر أحد بالرّبح السّريع.

- كان ذلك قبل زمن "السوبر ماركت".

ارتفعتْ أسواق حديثة مكان أسواق قديمة، وتبعتْها أسواق، مجمَّعاتٌ ضخمة ليس فيها سوى محلات "بوتيك"!

- شوف شو اللي بدها ايَّاه البنت!

قالت الجدّة لصاحب المحل، كما لو أنها تتشاجر معه! الجدّة التي كانتْ أكثر خجلًا من حفيدتها أمامه.

- لم أعرف ماذا أقول. والتفتُّ إلى جدتي. أَنتِ قولي له.

وتلعثمتِ الجدةُ قبل أن تُطْلِقْها.

- أمري إلى الله! بِدْنا بَرازيّات للبنت!

ابتسم صاحب البوتيك.

- شو المقاس؟!!

وارتبكتْ سلوى

- كمان البزازيّات إلِهِنْ مَقاس؟ سألت الجدّة باندهاش.

واتسعتْ ابتسامةُ صاحب المحل، صاحب المحلّ الذي راح يُحدِّق في صدر سلوى مُحاولًا تقديرَ حجمه بعينين وقحتين.

- ذُبتُ، كانت المرّة الأولى التي يُحدِّق فيها رجل غريب مباشرة إلى صدري. صدري الذي أحسستُ به يضمر من تلقاء نفسه ويغوص بين ضلوعي، وأنا أتبعه لأختبئ في الحفرتين اللتين تركهما لي هناك.

واستدار الرّجل بعيدًا.. ومالت الجدة عليَّ.

- هنّ لبزاز، إلهن مقاس كمان زي...؟!!

وابتلعت الكلمةَ، مكتفية بالنظر إلى حذائها!

***

وأحسّ عبد الرحمن بارتفاع درجة حرارته.

حاول أن يتذكّر ما الذي فعلَه، إلا أنه وجد خلْفه مسافةً من الزمن بيضاء، وسلوى بعيدة..

- لا تجعل عددهم يزدادُ واحدًا أولئك الذين قتلوني. أَرجوك. كانت تقول له. ولم يفهم لمن توجِّه كلامها.

مجنونة هذه المرأة بالتأكيد، كان يهمس لنفسه، ويحسُّ بأنها تسمعه، دون أن تُعيره انتباها.

هذا يفقده صوابه.

***

هنا الأحمر، والأخضر، والأزرق النّيلي، الأزرق النّهديّ، الأسود الفاحم، الأبيض، الصّدور التي تُنشب حلماتها بقوة ساحرة في نعومة القمصان، الصّدور المتفلِّتة من بين زرَّين حُرّين وعروتين مشرعتين دون اكتراث، وهنا السّرو والظلُّ والعصافير والطلاب.

- كانوا أصغر بكثير من سطوةِ ذلك الجمال الذي يحفُّ بهم دون رحمة!!

***

- أبيض.

- الأبيض للنساء الكبيرات، ربما من الأفضل أن تختاري الأحمر أو الأزرق السّماوي.

ولم تعرف سلوى إن كان يقول الصِّدق أم أنه يسخر منها. وجُنّت الجدةُ.

- قالت لك (الأبيض) يعني الأبيض، عزّا!!

- تفضلي.

دفعت الثمن دون أن تُناقش، وما إن وصلت البوابة حتى انطلقت الشّتائمُ خلفَ الشّتائم.

- ما ظلْ إلاّ يقولوا إلنا شو اللون اللايق لبزازنا! إخص، والله لو كان جدك طيب لَحَطّلّه طلقتين في راسه.. إخصي!!

***

- طويلًا كان نصف الساعة ذاك، وغريبة كنتُ، كأنَّ روحي تنتمي إلى زمن آخر أيضًا. لا تُصدِّق امرأة تقول لك إنها تنسى جسدها، لكنني أقول لك كان عليَّ أن أنساه، لكي ينسوني، لكن ما حصل أنهم نسوا سلوى وتذكّروا، جيدًا، جسدها.

وارتبكَ عبد الرحمن.

- بأصابعهم اللزجة تذكَّروه، بحرَّاسهم، بأذرعهم. وللحظة تساءلتُ: شيء ما يدفعهم نحوك، هل أنتِ جميلة إلى هذا الحدّ ولا تعرفين، أم أنكِ كنتِ طوالَ الوقت فريسة سهلة لا أكثر؟!! لقد نسيتُ جسدي لأنجو بروحي. لكن ذلك لم ينفع، ليس ثمة مسافة أبدًا بين الجسد والروح، ولم يفهموا أن روحي انتُهِكَتْ مئات المرات مقابل كل مرة انتُهِكَ فيها جسدي.

***

أسند عبد الرحمن ظهره إلى المقعد الجلديّ الطّويل، وللحظة لم يعد يعرف ما لونه بالتّحديد، رماديّ مُغْبر، أم أسود، أم بني محروق بالعتمة، ولم يعد الضوء قادرًا على إضاءة الزوايا أو وجه سلوى. أينهض نحو مفتاح النور؟!

اختار العتمة.

تجعله على مسافة أقربَ منها.

وأقلقه أن صاحبه قد يطرقُ الباب في أيّ لحظة.

***

- أهلا.. أهلا. قالها الدكتور الشيخ مُرَحِّبا بي.

بسطتْ كل شيء على الطاولة في دقائق محدودة، وراعَها أن حكاية عُمْرٍ كاملٍ يمكن أن تُختصرَ هكذا؛ وابتعدتْ كثيرا خلْفَ عذاب اكتشافها هذا، واستعادتْ نفسها على صوت ارتطام كرسيِّه بالحائط، ووقْع كلماته.

- قاتله الله.. قاتله الله.. قاتله الله..

- ولم أعد مطمئنة، قلتُ لك. كان يمكن أن يقولها مرّة واحدة لأطمئن أكثر.

مرتجفًا خلفَ الطاولة كان، انتصبَ، دار حول المكتب الصغير نصف دورة..

- هل هو مجنون، عمّك هذا؟

- لا ليس مجنونًا.

- هو ساذج إذن؟!

- وليستْ هذه أيضًا.

- يبني غرفةً خاصّة لحضرته، لـ.. أستغفر الله، لينتهكك فيها!! ويفرح لأنكِ عدتِ إلى البيت امرأةً بعد زواجك؟!

***

- أؤكد لكَ أنها لم تتزوّج، وأنها كتبتْ كتابها مرّة واحدة على شخص واحد، هو أيمن، الذي استشهد فعلًا، لكنها لم تصل يومًا إلى عرس. قال عمّها.

***

أصرَّ الشيخُ على الذهاب إلى بيت سلوى لمواجهته هناك.

- لا يمكن أن تستمر الحالة على ما هي عليه. أستغفر الله، يجب أن أضع حدّا لهذا. قال الشيخ.

- وفرحتُ، أقولُ لك الآن: لقد فرحتُ. رجلٌ لا يخاف غير ربه قرر أن يواجههم مهما كان الثمن، وتراجع سوء ظنّي به خطوات.

- لا. لا تُصدِّقْه، لقد تزوّجتُ، لكنني لم أتزوَّج فعلًا. فاهمني.

- نعم يا ابنتي!! والغرفة؟!

- ما لها الغرفة؟!! يمكنكَ أن تذهب إلى آخر الممر.. ستجدها هناك. صرخ عمّي.

- سأدلّك عليها. قلتُ للشيخ.

وقادتْهُ سلوى من يده، إلى أن وصلا الباب، رفعَ رأسه، وحدَّق في الملصق.

- هذا أيمن! لقد عرفته. أَليس هذا أيمن؟!

هزَّتْ سلوى رأسها: نعم.

ولم يكن يلزمه كل هذا الذّكاء، ليعرف أن الصّورة صورة أيمن، لأن اسمه وتاريخ ميلاده وتاريخ استشهاده، كانت كلّها محفورة في السّواد بياضًا لا تخطئه عين.

- دفع الباب، وتَسمَّرَ فجأة. كان المشهد أكثر بهاء من أن يتحمَّلَـهُ. نظر خلفه كما لو أنه يريد أن يعرف أين هو، وكيف ينتمي بيتٌ كهذا إلى مثل هذه الغرفة! وامتدتْ يدي وأشعلتِ الضّوء، وللحظة رأيتُه على وشك السّقوط، وهو لا يتوقّف عن بَلْع ريقه باستمرار. انتشرت الستائر بهدوء، التمعتْ حوافُّ الكراسي المذهبة أكثر، وبدا السريرُ كبحيرة هائلة بفعل الغطاء الأزرق المتموِّج؛ وأخيرًا، وجدَ القدرة ليخطو خطوة أخرى باتجاه الدّاخل، فانغلقَ الباب من تلقاء نفسه خلْفنا.

- أَهُنا، أَهُنا، يرتكبون تلك الجرائم كلّها بحقّكِ؟!

- بكيتُ، أقول لكَ الآن بكيتُ، وأحسستُ بيده تطوِّقني بعد زمن، تضمّني، وتصاعدَ بكائي.

- أيّ عمٍّ ذاك الذي يمكن أن يوافق على...، أستغفر اللـه.

- الآن أقول لكَ، كان يريدني أن أواصلَ بكائي، ليواصل ضمّي إليه. وقلتُ له، إن عمّي لم يتنازل عنّي في البداية إلا خوفًا من السّت زينب، وبعد ذلك من حضرته.

- أستغفر الله.. أستغفر الله.. أستغفر الله.. وزوجك ذاك، لم يفعل شيئًا، أيَّ شيء؟!!

انتفضتْ سلوى، انسحبتْ بعيدًا، التصقتْ بالحائط، عادَ لها حسّ الفريسة الغريزيّ، أشرعتِ البوابةَ وخرجتْ. وجدتْ عمّها يحدّق في شاشة التلفزيون:

"قَطْعُ رأس امرأة جزائرية في الشّارع الرئيس في مدينة وهران أمام المارّة، واغتيال مدير كلية الفنون بإطلاق الرّصاص عليه داخل حرم الكلية".

أَلغى الصوت الصّادر عن التّلفاز، حين أحسّ بحركتِها، فظلّتِ الصورةُ صامتةً، والرأس المقطوع يحدِّق في وجوه الجميع.

ووصلَ الشيخ.

- ووقفَ عمي. سألَ الشيخَ: هل صدَّقتَ؟!

لم يُجبْ، لكنه سحب عمّي من يده حتى وصلا البوابة الخارجية، وهناك، راحا يتحدّثان بصوت منخفض. وخفتُ، وأنا أراهما يهزّان رأسيهما بحركات تدلّ على أنهما متفقان تمامًا.

***

.. وعاد من جديد.

- ليس في يدي غير أن أقبلَ الحلّ الذي يراه. قال لي عمّي.

وقلتُ: لا أُريد حلوله.

فدفعني صوبَ الغرفة.

قلتُ: أَوَ تجرؤ على أن تتركني معه في غرفة حضرته؟

- أريد أن ينتهي هذا كلّه، صرخ في وجهي.

- ودفعني نحو الغرفة، فتبعني الشيخ.

***

بقميص ممزق من عند الرقبة، خرجتُ صارخةً، فدفعني للدّاخل ثانيةً.

- أتريدين أن تفتري على الرجل التَّقيِّ أيتها الكلبة؟! والتفتَ إليه. قلت لكَ.. هذه هي مشكلتنا الدائمة معها.

وخرجتْ سلوى صامتة، لأيام ظلتْ صامتة، كالسّت زينب صامتة وحزينة.

***

وعادَ الشيخ ثانية..

- لقد أتعبناك كثيرًا معنا. قال له عمّي!!

... ولم أدرِ كيف أتخلّص منه، إلى أن وجدتُ نفسي أقول له.

- سأخبر حضرته بكلِّ ما يحدث. فجأة انكسرَ شيء فيه، فاندفع نحو الباب مذعورًا. وقبل أن يصله صرختُ به: لحظةً!!

وحين التفتَ خلْفه، وسأل بفم جاف: ماذا؟!

قلتُ له: لحيتكَ، نسيتَها على الكرسي!

وراح يختفي عائدًا لعتمة الكابوس الذي منه جاء.

21

في الممرّ المعتم الطويل، الممرّ الذي تتوزّع على جانبيه الغرف المدرسيّة، وقبل أن تصل إلى بوابة ذلك الصّف، توقفتْ فجأة، حبستْ صرخةً كادت تنطلق رغما عنها بيدين مرتعشتين، وعينين مشرعتين على اتساعهما.

- لقد نسيتُ إغلاق الباب!

ركضت السّت زينب، متجاوزةً الدّرجات القليلة قرب عتبة المدرسة، متجاوزةً الساحة الترابية، مهرولة عبر سوق الخضار، نحو البيت، وذلك الشارع، شارعها الضَّيق، شارعها الزِّقاق.

وصلتْ.

لكنها حين بحثتْ عن المفتاح في يدها لم تجده، في جيوبها لم تجده. هزَّت البابَ، هزّته جيدًا كما لو أنها تريد إيقاظ زينب الشّاردة هناك في الداخل؛ هدأتْ.

بخطى سريعة عادت إلى المدرسة، أكثر اطمئنانًا، لكنَّ القلق كان يطوف في أرجائها بصخب، مبعثرًا كل شيء.

- ولكن أين المفتاح؟! تذكَّري يا زينب.

باغتتها الفوضى قبل أن تَصل، قبل أن تجتاز البوابة الخارجية، عابِرةً من الشّبابيك، من الأبواب، من الدّفاتر، الفوضى التي لا بدّ أن تشتعل فور اكتشاف أحد الصفوف غيابَ المُعلمة.

صعدت الدّرجات، دخلت الممرّ.

فاجأها الهدوء!!

هدوء عميق يغمُر الزوايا المعتمة، يغمر الجدران المغبرّة وشقوق الأبواب.

تعجَّبتْ

دخلتْ غرفةَ المعلمات. على الطاولة رأتها تلمع برصاصية شاحبة، رزمةُ المفاتيح. تناولتْها وخرجتْ. أقلقَها صمتُ الممرّ، ارتجفتْ يدُها قرب باب الصّف، دفعتْه، كما لو أنها تتوقعُ أن يفاجئها أحد ما بحركة تُخيفها.

وبصمت.. كانت الطالبات مُنحنياتٍ فوق أوراقهنَّ، يكتبن.

- لو تأخرتِ قليلا لأكملنا الكتابة!

- لن أُزعجَكُنَّ، سأجلس هادئة.

سحبت الكرسيَّ، استندتْ إلى الطاولة بيديها، ولأوّل مرة في حياتها، وجدتْ نفسها مُحْرَجَةً، محرجةً تمامًا، حين رأتْ أعينَ الطالبات تنصبُّ عليها، ثم تنخفضُ نحو الأوراق البيضاء، وتعود لتحدِّق من جديد، كما لو أنهن لا يكتبن، بل يرسمنها.

- منذ كم سنة لم تقتربي من ألوانك يا زينب؟!

- لا تُذَكِّريني! أجابتْ نفسها.

- لماذا لا تكتبنَ في الدّفاتر؟!

- هذا موضوع خاص اخترناه نحن.

جاءت الأصواتُ من الصفوف الأربعة للمقاعد الخشبية، متقاطعةً.

عادت الست زينب إلى صمتِها، باحثةً عما يمكن أن يدور من أفكار في أعينهنَّ.

قُرِعَ الجرس.

وقفتْ إحداهن، جمعت الأوراق من الطالبات، تقدَّمتْ نحو السّت زينب، وقالت: هذه لكِ.

نظرتْ إلى الورقة الأولى، عنوان كبير (السِّت زينب).

وضعتْها بهدوء، وقرأتْ في الثانية (السِّت زينب).

في الثالثة، الرابعة، الخامسة، الخمسين (السِّت زينب).

خمسون ورقة في وصفها، في إحساسهن بها.

- نكتبُ كلّ مرّة عن أشياء نعرفها، وأشياء لا نعرفها، ولكننا أَردْنا هذه المرّة أن نكتب عمن نُحبّ.

وأوشكت الطالبة أن تبكي.

***

حادثة العودة إلى البيت، أصبحتْ فاتحةً لحوادث كثيرة، لم تستطع إدارة المدرسة أن تتجاوزها أو تتستَّرَ عليها.

في منتصف حِصَّة من الحصص، عاودها الخوفُ ثانية، وهكذا، وجدت نفسها تغادر الصفَّ في حركة أربكت الطالبات، لكن محبتهنَّ لها جعلتهنَّ يكتمنَ أنفاسهنَّ إلى نهاية الحصّة. وبكى بعضهنَّ، صَدِّقني.

- لا لم تكن مجنونةً كما توحي كلمتكَ. كانت خائفة، هذا كلُّ ما في الأمر.

واكتشفت الست زينب سببَ فرحتِها بأيام العطلة الصيفية، حيث الجلوس في المنزل، ثلاثة أشهر كاملة دون أن تبلغَ عتبةَ الباب الخارجي. لكن جاراتها كنَّ يسألنها في طريقهنَّ إلى السّوق عمّا تحتاج، ويحضرنه لها؛ وقد ظلَّ يدهشهن أنها كانت جاهزة دائمًا، بكامل ملابسها، وتسريحة شعرها، وحذائها، وكأنها على وشك الخروج.

- ستخرجين اليوم؟!

- لا...

وتُعيد امرأة أُخرى السؤال..

***

- لماذا أَخرج يا سلوى، كلّ ما أملكه في هذه الغرفة، إذا فقدته لن يبقى لي شيء، وهُم، لم يتركوا لنا شيئًا، فلماذا أَخرج، لم يبق سوى قليل من

الذّكريات، هي حياتي كلّها، سأجلس إلى جانبها، سأجلس فيها، كما تجلس فيَّ، ربما أستطيع أن أحميها، إذا ساعدني هذا، وتشير إلى رأسها، ماذا هنالك في الخارج يا سلوى؟! لا شيء! سأُغلق البابَ جيدًا، سأُغلقه. لا شيء، لا شيء في الخارج هناك!!

***

(أختنا الحبيبة زينب..

يبدو أن الوصول إليكِ لم يعُد سهلا، لكن وصولكِ إلينا سيكون الأسهل إذا ما قررتِ المغادرة والإقامة هنا معنا، وهناك أمر هامّ، لا بدَّ أن نستشيرك فيه، لقد أُبلغْنا رسميًّا أن المقبرة المحاذية لنا ستمتلئ عما قريب، وقد طلبوا من سكان المنطقة، أن يحجزوا قبورهم وقبور ذويهم، إذا ما أرادوا أن يُدفَنوا قريبًا من بيوتهم. لقد سجّلنا اسمينا لنُدفنَ قرب الوالد والوالدة، فهل نحجز لكِ قبرًا إلى جانبنا؟!

أخبرينا بسرعة.)

***

- أبديتُ دهشتي أمام فكرة القبور المحجوزة، فابتسمتْ: هذا طبيعي هناك، تحجزُ بيتكَ الذي لن تعرف متى تحصلُ عليه، وقبركَ الذي لن تعرف متى ستُحشر فيه.

***

وسطَ الحصَّة، دون كلام، خرجتْ راكضةً، تاركةً فريقًا من مفتّشي التعليم مذهولًا. ولم تكن تلك حادثة يمكن التّستُّرُ عليها.

ولم تعد تخرج من بيتها، إلّا لتبحثَ عني.

كلما اختفيتُ أدركتْ أنني محاصرةٌ هناك.

ولم يكن عمّي يحبّها. لكنه لم يكن يجرؤ على أن يُغلق في وجهها الباب.

تبكي على كتفي، كما كنتُ أبكي على كتفيها، ثم نبكي معا فنبللُ وحدتَنا. وتقولُ لي.. إنها لم تعدْ قادرةً على السّير في الشارع وحدها.

- الشوارع اتسعتْ كثيرًا يا سلوى، وليس هناك أرصفة، ليس هناك سوى ذلك الزّيتون الذي لم يَتْرُكْ لنا موضعَ قدم على رصيف. الوصول إليكِ لم يعد سهلًا، تعالي إليَّ، أعرف أن ذلك صعب، ولكن تعالي إليَّ، لا أستطيع أن أجيء إليكِ دائمًا، هذه الحقيبة تُتْعِبُني.

وكنتُ أعرف ما في الحقيبة.

صورة أيمن وصورة علاء الدين، الحصانُ والشمس الغاربة، خمسونَ ورقة في وصفها وصورة ميناء حيفا المأخوذة من سفح الكرمل و...

وتمسح دمعَها وتحاول أن تبتسم.

- لسببٍ ما أُحسُّ بأن هذا الزيتون يدفعني بعيدًا عن الرّصيف. تصورّي! أنا التي كنتُ أشفِقُ عليه دائمًا.

***

- وتكادُ تقولُ إنها مجنونة.

***

يحاولُ عبد الرحمن أن يتذكّر كيف اختفتْ سلوى، وقد كانت أمامه، لا يستطيع. لقد انسلَّتْ تاركةً خلفها فراغًا هائلًا، لا يكفّ عن التحوّلِ إلى ضجيج كلما أحسّ نفسه ملتجئًا للصّمت.

تمامًا كالبيت.

لأيام طويلة، ظلَّ يُحسُّ حركةَ ابنه في الممرّ، ويصرخُ به أحيانًا: أغلق التلفزيون!

ويتذكَّر أنه ليس هناك.

حيَّره الأمر.

وتمنى أن يصرخ: أغلق التلفزيون.

- لقد كنتَ خائبًا إلى درجة لا تُصدَّق. قالوا له.

ورأى الأوراقَ تتناثر من النافذة ثانية، وثالثة، كلّما مرَّ من هناك، مخترقًا كثافة سحابة الغبار قربَ تلك البناية المواجهة لمحلٍّ بيع العصافير.

ما إن تبدأ النافذة بالظهور، من خلف ذلك المنعطف، في الشارع الصاعد بعيدًا عن قلب المدينة، حتى تبدأ الأوراق بالتَّساقط، يدٌ ما غامضةً تُلوِّحُ في عتمة النافذة العميقة، وتنثر الأوراق، ورقةً ورقة.

لقد أوقفَ العربة ونـزلَ منها، وراح يقفز في الهواء. ولم يكن هنالكَ أحد سواه: كم أَفرحه اختفاء البشر فجأة عن الأرصفة.

ورقةً ورقةً.

جمَّعَها كلَّها، وبدا فَرِحا وهو يتقافز، وهو يرقص.

وراحتْ إحدى الأوراق تتأرجح في الهواء، ولم تنـزل؛ هو يعرف أنها الأخيرة، وفجأة وقفتْ ثابتة، كما لو أنها أدركتْ ما يدور تحتها. ثم هوتْ كصخرة ثقيلة، فابتعدَ، ودوَّى ارتطامها بالأرض على نحو مُفزع، حدَّق فيها، كانتْ قد تهشَّمتْ تماما كلوحِ زجاج. وحين راح يركضُ نحو العربة، لم يعد يعنيه أنه فقدَ ورقةً، كان يشعِر بانتصار؛ انتصار لن يصعد معه إلى جوف العربة، لأنه سيكتشف بعد أقلّ من لحظة، أن ما في يده مجرد أوراق، أوراق بيضاء بلا كلام.

22

- كان خوف عمّي يزداد. أدركتُ ذلك.

.. خوفه ألا يجدَ حلًّا لمشكلة العفن التي انتشرتْ على نحو سرطاني فوق جدران الغرفة، وخوفه أن يقال له فجأة: إن حضرته مات.

لم يستطع التّعايش مع فكرة تمزُّق حلمه.

يدخل الغرفة، يخرج منها، ولا يستطيع الجلوس في مكان واحد أكثر من دقائق قليلة.

- لقد قال لي.. أَملنا كبير فيكَ يا أبا أكرم، ونحن ندَّخرك للأيام الصّعبة..

ولم تجيءْ الأيام الصعبة. كلما أطبقت الدّنيا على حضرته خرج من بين أَصابعها كالشَّعرة من العجين.

- ليلة واحد تكفي.

كان يصرخ، وكنتُ أسمعه، ولم يدرِ أنه يصرخ.

- ليلة واحدة مقابلَ عشرين عامًا من الانتظار، ليلة يحسُّ فيها بأن هنالك ما يحاكُ ضدّه في الخفاء، ليلة يحسّ فيها بأن عليه الهروب من دورة يومه، ليلة ينفردُ فيها هنا، حتى، بامرأة يعشقها، وألف امرأة تتمناه!

لكن ذلك لم يحدثْ.

ويصرخ: ثم هذا الثلج، هذا الكلب الأسود! الذي يلوثُ الجدران

بالعفن، العفن الذي لا يزول إلاّ ليطلَّ ثانية من جديد، العفن الذي يتصاعد من تحت الدّهان كفقاعات الهواء، كلما حاولتُ إخفاءه.

- ألَم تلاحظْ أن العفن لم يختر من غرف البيت كلّها سوى غرفة حضرته؟!

- ماذا تقصدين؟!

احْضرَ مهندسين، قدَّموا له نصائح كثيرة: العَزْلُ الخارجي يمكن أن ينفع، ولكن لا بدَّ من الحَرْق! يبدو أن العفونة قد استقرَّت تمامًا في الجدران، لا بدَّ من استخدام الحرْق، لكن ذلك لن يُجدي الآن، لا بدّ أن نقوم بذلك في الصيف، بعد زوال الرطوبة تمامًا.

- لا أستطيع الانتظار.

تخيَّروا يومًا مُشمسًا، تدافع العمال يتسلَّقون الحجارة البيضاء، وحين هبطوا، كانتْ موجةٌ ثلجية جديدة قد بدأتْ تُطلُّ برأسها عبر الأفق الغربيّ، تتقدَّمها رياحُها الصقيعية الجارحة.

- كنتُ أعرف أنه سيموت، إذا ما حدث لحضرته مكروه، واعترف أنني للحظة أشفقتُ عليه، لكن ليس إلى تلك الدرجة التي يُمكن أن أُسامحه فيها.

مجنونة كانت الرياح تهب في الخارج، وهو يقبع في مواجهة الحائط العالي العريض، خائفا أن يُطلَّ العفن ثانية. يسقط رأسه على صدره، يصحو مرتبكا، خائفًا، كما لو أنه جنديّ حراسة داهمته إغفاءه.

- لماذا تنام هادئة هذه المدينة الكلبة. لماذا لا يتحرّك أحد، ليدفعَه إلى هنا ولو لليلة واحدة؟!! أشرع النافذة وصرخ.

لملمت العاصفةُ الثلجية صرختَهُ، وتركتها هناك في الهواء مُعلَّقةً، قطعةً من صقيع.

- وكنتُ أريد أن أرى بعينيَّ ما يجري في الغرفة على نحو مستمر. كنتُ سعيدة بالمشهد، وأنا أسترقُ النَّظر بين لحظة وأخرى؟ أخطو باتجاه الباب،

يحسُّ بي، تُدوِّي صرخته، أبتعدُ، وأحسّ برماح العاصفة تتلمّس الهواء البارد خلفي.

- هل تعتقدين بأنني مجنون؟

صرخ ذاتَ ليلة في وجهي.

- عليكِ أن تفهمي. لقد ضاع الكثير، ويجب أن يبقى لي في النهاية شيء ما أعود إليه.

***

- أستعيد الآن ذلك الرّعبَ الذي شقّني نصفين حين رأيتُ بابَ الغرفة للمرة الأولى، بابًا كبيرًا، عاليًا، مثل ذلك الباب في فيلم (المُحاكمة) هل رأيته؟ مثل باب قلعة. هناك انتصبَ، وكسر شيئًا عزيزًا غامضًا فيّ، وقلت: لن أستطيع اجتيازه، إذا ما أُغلق عليّ.

***

فكَّرَ، فاكتشفَ أن نقطة الضّعف الوحيدة في الغرفة تتمثّل في عدم وجود ممرٍّ سريٍّ لها، أو مَخرج آخر على الأقلّ؛ لكنّه اطمأنّ لاطمئنان حضرته.

وفكّر: كان عليّ أن أبني الغرفة في الجانب الشّرقي من المنزل، بذلك كنتُ سأرتاح تمامًا مما أنا فيه، ولكن، من كانَ يعرف أن الله سيقلبُ مناخ هذه الدّنيا، هكذا، رأسًا على عقب.

هذه خدعة ما كان يجب أن تمرَّ عليّ!!

***

ثلاثة أيام بيضاء، لم يتوقّف الثلج فيها عن الارتفاع نحو حوافِّ النوافذ. من شباك المطبخ تراقبُ سلوى كثافتَه وارتفاعه المتصاعد أمام الباب الخارجي.

- لن تصدِّق، لقد أحسستُ بأن الثلجَ يحاولُ الوصولَ إلى المقبض، لقد أحسستُ بأنه يحاول الدّخول إلى المنزل طوال الوقت، ودون كلل.

.. وكنت أسمعه في الداخل يصرخ:

- ما الذي تريده أكثر يا الله؟!

- الآن، لا أستطيع أن أقول لك كم كان عدد السّاعات التي قضاها هناك في دّاخل تلك الغرفة، ربما عمره كلّه! لكنّه فجأة أشرع الباب، اندفعَ خارجا، تتبعتُه بعينيّ، صعدَ للسّطح، عدوتُ باتجاه الغرفة، أحسستُ بخُفيَّ يغوصانِ في الماء الذي يغمرُ السّجاد، بحثتُ عن مصدر الماء؛ وهناك، في الزاوية، لمحتُ خيطًا دقيقًا من الماء ينساب من ثقب سلك هوائي التلفزيون.

كيف لم يكتشفْ الأمر طوال مكوثه في الغرفة؟

عاد يرتجف،

أَغلق الباب خلفه.

رأيت نصف دائرة الماء تتّسعُ في الممرِّ عابرة من تحت باب الغرفة. سمعتُ قرقعةَ الأباجور، ثم صوت عجلات نافذة الألمنيوم. عرفتُ أنه أشرع النافذة. طرقتُ الباب، رجوتُه أن يخرج، ومرَّ أخي ذاهبًا إلى الحمّام.

قال: أُتركيه.

غاب طويلًا في داخله، وسمعتُ الماء ينحدر مُصدرا تلك الضجة في انحداره من (السِّيفون) نزولا باتجاه الحوض..

وتبِعه صمتٌ.

***

لم يكن ثمة سلوى هناك، حين تنبّه عبد الرحمن فجأة، إلى أنها لم تزل تتكلّم، لم يزل صوتها هنا، لكنَّها ليست في المكتب.

كان يعرف تمامًا، أن الأشرطة هنالك في البيت، لكن صوتها هنا، لا يستطيع أن يُكذّبَ أذنيه أبدًا، والحمامة لم تزل ملتصقة بالشّباك، لكن الوقت ليل، والشارع تحت النافذة هادئ، هادئ تمامًا.

23

- ليس ثمة مكان يمكن أن تلتجئ إليه سوى قبرها.

حارس المقبرة يُخفي شيئًا؛ حارس المقبرة الذي لا يبدو كحارس مقبرة أبدًا.

حين يئس عبد الرحمن تمامًا من ذلك الانتظار في المرّة الأخيرة، وقرر مغادرة المقبرة إلى غير رجعة، قال له الحارس الذي أحسّ بما يدور فيه: "لا تيأس، إذا ما أَغلَقتِ الدّنيا أبوابها في وجهك، فتذكَّر أن أبواب هذه المقبرة مفتوحة لك باستمرار"!

- أية سخرية هذه؟ تساءل عبد الرحمن. لا يمكن لأحد أن يسخر إلى هذا الحدّ وهو لا يعرف ما يدور، السّخرية لا تنمو في أرض الجهل، هو يُدرك ذلك، وفجأة قفزتْ إلى ذاكرته الجملة نفسها، لقد قالتها سلوى. وأصبح على يقين أنها هنا.

***

- كان يمكن أن تكون أَذكى. أنتَ لا تستطيع أن تخدع حتى أقرب المقرّبين إليكَ، كيف ستستطيع أن تُقنع أحدًا بعد اليوم بشيء؟! قالوا له.

وتصاعد الأمر على نحو مُفزع، حين تسرَّبت الأخبار عبر صحف خارجية عن علاقة ما لحضرته بفتاة اختفتْ في ظروف غامضة.

- عليكَ أن تجدها. قالوا له. كما لو أنه الذي أضاعها.

دار حول بيت السّت زينب عشرات المرات، طَرقَ الباب ودخل. أية

جرأة هذه، ومن أين أتته لا يعرف؟

هزَّتْ رأسها.

- إن كنت تعرف مكانها فقُلْ لي.

وصمتتْ: لم تطلب منكَ أكثر من أن تُصدِّقها.

وأحسّ بالبيت محاطًا بعيون كثيرة.

***

على نطاق محدود، انتشرتْ حكاية بين العاملين في الصحافة، حول منْع إحدى الجرائد من نشرَ تفاصيل مفادها أن عددًا من النّاس يمضون الليل ساهرين في مقابر الشهداء.

قال: سأعود، وسأجدها هناك.

***

من بعيد لاحت الأضواء ضعيفة تتأرجح في العتمة، شاحبة كالصمت، مُقْتَطِعَةً من بحر الليل الحالك حِصَّتَها المضاءة بوهن.

انحدر مع الشارع نحو البوابة الرئيسة للمقبرة، وقبل أن يصل اكتشف أنها مُغلقة، مشى بمحاذاة السّور متلمِّسا طريقه باتجاه فتحة يستطيع العبور منها. لكن ذلك لم يكن بالسهولة التي تصوّرها.

أصواتٌ متشابكة تشبه الصّلوات أو الأغاني الحزينة، كانت تصله، فتتدفّق فيه رغبة اختصار دورانه بأسرع مدّة ممكنة.

أخيرًا، كان لا بد له من أن يتسلق السّور.

طويلا جاهدَ، وحين أصبح وجهه حرًا تمامًا خارج صلادة الإسمنت أعلاه، رأى ذلك المشهد الذي لا يمكن وصْفه، فهوى فجأة، كما لو أن يديه انفصلتا عن جسده، وظلّتا مُعلَّقتَين على الحافّة العالية.

أشبه ما يكون بطقس احتفالي، كان المشهد.

وتجمَّدَ أسفل الجدار طويلًا، قبل أن يُكرِّر المحاولة.

***

فوق جدار العتمة الهائل، كانت ظـلالُ أشـجار الـسَّرْو تتمايـل، وعـبر عروق الدّوالي تتسرَّب أضواء شموع وقناديل، كاشفةً عن مقاطع من وجوه لا تلبث أن تختفي لتُطلَّ ثانية، كما لم تُطل في المرّة الأولى.

بحذر انـزلقَ نـحو الجهة الأخرى من السّور، وحين تقدَّم، راعَهُ وجـود عدد كبير من البشر، لم يكن قد رآه من قبـل، يقبـعُ في العتمـة دون شـموع، مُقتعدًا الأرض.

وتقدّم أكثر،

محاذرًا الاصطدام بأحد، حتى وصل إلى نقطة قريبة من تلك الحلْقة التـي انبثقتْ وسطها قاماتُ بشر وشواهدَ بيضاء.

طويلًا ظـلَّ واقفًـا، إلى أن شـدَّتْهُ يـدٌ بـصمتٍ إلى الأرض، دون كـلام، فأدرك أنها تطلب منه الجلوس.

جَلَسَ.

وللحظة خاطفة أطلَّ وجه السّت زينب واختفى، ولم يدرِ مِـنْ أيـن أتتـه تلك الجرأة ليقف، ثم ليبدأ بشقٍّ طريقه نحوها.

وصل.

لكن الحلْقـة كانـت أشـبه مـا تكـون بدوّامـة وسـطَ تـأرجح الأضـواء وارتباكها. وحين أطلَّ الوجه ثانية، خاطفًا، كـان بإمكانـه أن يُحـدِّد موقعـه بدقّة ويتقدّم نحوه.

على ركبتيه جثا قربها.

تنبَّهتْ لوجود القادم. تطلَّعتْ إليه، واستدار وجهها بعيدًا.

لم يعرف إن كانت عرفتْه فأشاحت بوجهها لأنها لا تريد أن تراه، أم أنهـا لم تعرفه؟

وظلّ ساكنًا كحجر، إلى أن أدارتْ وجهها ثانية، وطويلًا حدّقت فيه.

لكنه لم يعد متأكدًا فيما إذا كانت المرأة التي يراهـا هـي الـسّت زينـب أم لا!!

حاول أن يعرفها مما يدور في عينيها من أفكار، من حبّ، من كرْه، من غضب. لم يعرف. وتمنّى أن تقول شيئًا، كلمة، نصف كلمة. وظلّت صامتة، إلى أن استدار وجهها، وراحتْ عيناها تبتعدان من جديد.

أخذَ نفسًا طويلًا، بعد أن اكتشف أنه لم يكن قادرًا على التّنفس أثناء تحديقها فيه.

لو حدَّقتْ أكثر من ذلك بقليل، لماتَ اختناقًا.

وأحسّ بأنه يخرجُ من عمق ماء مظلم.

كان يلهث.

زمن طويل مرَّ، قبل أن يعود إلى عينيه ويطلقهما متعبتين تحاولان رؤية ما يدور. الوجوه كلّها أمامه كانت، ولا يستطيع لملمة ملامح وجه واحد على نحو واضح.

لكنه رآها..

للحظة، أقلّ من لحظة رآها.

رأى يدًا تحاول إخفاء نصفَ وجه، تظلل العتمة نصفه الثاني.

- سلوى!

ولم يسمعه أحد، لم يسمع نفسه.

وقفَ، امتدتْ يدُ المرأة التي بجانبه نحوه، يد السّت زينب، تحاول أن تشدّه للأرض ثانية، لكنه كان قد ابتعد قبل وصولها إليه؛ وراح يشقّ جدار البشر المتزاحمين بكل ما فيه من قوة.

وصلَ، إلى حيث كانت.

ولم تكن هناك.

- سلوى.

نادى، ولم يسمعه أحد

لم يسمع نفسه

ولاحَ في البعيد ظلٌّ أكثر عتمة من سواد الليل، فراح يعدو خلْفهُ بين الشواهد، يتعثّر بقبور صغيرة وحجارة ويسمع تحت قدميه تقصُّف نباتات ناشفة؛ وحيّره أنها تعدو بين القبور بكل تلك السّهولة، كانت تنساب، كما لو أن الشواهد تنتحي جانبًا لتفتح لها الطريق كي تمرّ.

وكان يتعثّر..

لكن المسافة بينهما كانتْ تقلُّ، تنحصر، وغدا واضحًا حفيفُ فستانها بين تكسُّر الأشواك وقرقعة الحجارة.

وللحظة، أصبحَ على يقين من أنه سيُدركها، فهبَّتْ في قدميه قوّة أخرى. ركض كما لو أنها تتبعه، لا كأنه يتبعها.

وأدركها..

امتدتْ يده عشرات المرّات تحاول الوصول إلى كتفها، دون جدوى، وسمع صوتَ لهاثها المحموم يتصاعد، قبل أن تتوقّف فجأة وتستدير نحوه محدِّقةً في وجهه بعينين يخطف الظّلام بريقهما ويحيلهما إلى دائرتين من سواد. وشمَّ رائحة عَرَقِها، وهو يتقدَّم نحوها وقد اشتعل العالم في داخله.

وللحظة، أحس بأنه سيُطبق على عنقها، عنقها الذي يُطلُّ من فوق كتفيها عاليًا، لا يحجبه شعرها الهابط غزيرًا نحو صدرها.

ولم تتحرَّك، حتى وهي ترى يديه تقتربان وتحيطان بعنقها، ثم تدفعانها إلى الوراء، فتتأرجح، وتكاد تسقط لولا شاهدة قبرٍ وجدتْها تسند ظَهْرها. وتغيّر كلّ شيء فجأة، كالريح تُغَيِّرُ اتجاهها على نحو خاطف، لا، لم يكن يريد خنقها، لا، كان يريدها.

اندفع بكامل جسده نحوها مجنونًا يعتصر صدرها، وخصرها، ويمزِّق ثوبها من بين نهديها، ولم يكن يعي ما الذي تفعله هي، أكانت تدفعه بعيدًا أم تشدّه، أكانت تصرخ أم كانت صامتة. حين أطبقتْ يد على عنقه من الخلْف وجرَّته، فلم يجد شاهدة قبر تسنده فوقع مرتبكًا باحثًا بصعوبة عن كلمات تسعفه: "لقد أمسكتُها. كانت هاربة وقد أمسكتُها". راح يصرخ.

لم يعرف تلك الوجوه التي كانت تحيط به، لكنّه رآهم يبتعدون بها في ذلك الاتجاه الذي كانت تركض نحوه، فعرف أنهم ليسوا من أولئك الذين يتحلّقون هنالكَ حول القبور!!

24

ولم يهدأ عبد الرحمن..

هو الذي وجدها أولًا، فهي له! لم يفهم كيف يأخذونها منه على ذلك النحو، ويمضون بها دون أن يتفوَّهوا بكلمة واحدة.

هي له. وخيالها الشيطاني ذاك، خيالها الذي يخرجُ من وحشية الحكاية ويُطبق عليه في العتمة بين الشّواهد، له!

أيّ حكاية يمكن أن تنسجها الآن، وتقولها لهم، الأحياء والأموات، عنه هو، ستقول "حضرته" هذه المرّة وتقصده هو، هو "عبد الرحمن" وتذهب في ثرثرتها إلى حدٍّ لا يستطيع أحد أن يتصوّره؛ مثل زوجته، زوجته التي تحدَّثتْ أقلَّ من ذلك بكثير، فلم يعد أحد يتعرّف عليه، كأنّه لم يسكن هذه المدينة ولم يُصادق أحدًا فيها.

وفكّر: "إذا تطوّرت الأمور، سأمضي مباشرة نحو السفارة الأمريكية، حيث روبرتو"!

روبرتو الذي بدا له الملجأ الأخير.

***

وانشقّت الأرض..

أخرجتْ كلَّ ما فيها من بشر، هكذا دفعة واحدة، انطلقوا يركضون غير مصدِّقين أنهم يرون،

ولم يكن الكلبُ هناك ليرى،

أو ينبح.

حارسٌ واحد وصلَ في البداية، فارتبكَ الجميع، راحوا يغمضون عيونهم، لكنه قال: مِن الآن فصاعدًا لستم بحاجة إلى أن تُغمضوا أعينكم. افتحوها. نعم افتحوها.

ولم يكونوا مصدِّقين.

وغنّوا..

كما لو أن أبصارهم رُدّتْ إليهم؛ كما لو أنهم لم يكونوا قادرين على أن يروا وعيونهم مُغلقة!!

- لقد رأوا دائمًا أكثر مما تتصوّر يا عمّي. قلت له. ولم يكن يسمعني.

ضجّة في كل مكان، وأغنياتٌ تتقاطع، وتمزِّق كلّ واحدة بلحنها لحن الأخرى، كما قال لها خميس ذات مرّة: أصوات المغنين تتعارك في الفضاء، ويمزِّق الصوتُ الصوتَ، كما يحدث في معارك الجارات.

انتشرتْ مظاهر الزّينة، وزغردت نساء من أولئك اللواتي كانت سلوى تعتقد أنهن خرساوات، ورقص شيوخ في الشارع كانت تعتقد طوال الوقت أنهم مُقعَدون، وتقافز أطفال مصابون بالشلل، والتفتَ إليها عمّها: لقد كنتِ جاحدةً أكثر مما يجب يا سلوى، كل النّاس يقولون لكِ الآن ذلك؛ يقولون. أُنظري، كل رجل، كل امرأة، كل فتاة وكل طفل يتمنّون الآن أن يدخلَ بيوتهم، هل تستطيعين أن تقولي غير ذلك؟ لا، لا يمكن!

***

سُحُبُ أيلول على الأبواب، على النوافذ، على شحوب الريحان، على أزهار الجوري الصّفراء المتساقطة فوق السرير، وفي جهاز الهاتف الذي دوّى فجأة.

- سيصل عند الثالثة ظهرًا.

وحاولتْ أن تفرَّ، إلا أنه أمسكَ بها.

- لا هربَ بعد اليوم، لقد هربتِ بما فيه الكفاية، هنا، وهناك.

***

ولم تدرِ كيف نجتْ

كانت تقول لي: وصلتُ، لكنني لم أعرف كيف وصلتُ، ولم أعرف أي سلوى التي نجت، أنا، أم تلكَ التي سقطتْ!!

- من زمن طويل حدثَ ذلك. قالتْ لي!!

.. كنتُ فوق الحافَّة، أحدِّق في الهوة بعينين فزعَتين، أريد أن أُلقي بنفسي؛ وأحسستُ بأن الفضاء وحده تحتي، وأنني إنْ سقطتُ لن أصل أبدًا. سأظلُّ معلَّقةً بهدوء دون أن يمسّني سوء، وأطلَّت السّت زينب، لا أعرف من أين.

- إياك يا سلوى! إذا كان لا بدّ من أن تموتي فسأموتُ معكِ. وظلَّتْ تتقدّم إلى أن أصبحتْ إلى جانبي، أمسكتْ بيدي، كما أمسكتْ بيدي ذلك اليوم في ساحة المدرسة، كما أمسكتُ بيدها، وللحظة هدأتُ، وأحسستُ أن الفضاء في الأسفل يابس كالأرض، تنفستُ ملء رئتي، وأنا أَراها إلى جانبي. لكنني فجأة رأيتُ جسدًا يسقط، ولم أكن أنا، ولم تكن السّت زينب، كنا لم نزل على الحافّة ويدي في يدها، عندها رحتُ أركض فوق السّطوح، سطوح غريبة لم أَرها من قبل، وأنزل أدراجًا ليست كالأدراج، وأتعثر فوقها دون أن يسيل مني دم.

وصلتُ،

وحين قلَبتُ الجسدَ رأيتُ وجهي، أنا سلوى!! تحسستُ نفسي، وسمعتُ السّت زينب تسألني: مَن؟!

قلت لها: سلوى!!

- ماذا؟

- سلوى!!

ومن يومها لم أعد أعرف أيهما التي ماتتْ وأيهما التي نجت!

***

وتزحفُ الدقائق، تـدور المفـاتيح في الأقفـال، تُـسْدَلُ الـسّتائر وتتقـدّم العتمة واثقة.

- القبر أرحم، أليس كذلك؟!

لكن وصول الأغنيات كان يتمُّ بسهولة مذهلة، ربـما لـيس عـن طريـق الهواء، ربما عن طريـق الاهتـزازات، اهتـزاز الـتراب تحـت أرجُـل المغنِّـين والرّاقصين، اهتزاز الإسفلت، الرّصيف الطويـل، أسـوار البيـوت، شـجر الكينياء، الدَّوالي، الشّواهد، وزيتون الشّوارع.

وسألتني سلوى سؤال السّت زينب: كم كان يلزمهم من الوقـت حتـى يتجرأوا على طَرْد الزيتون من أَحواشهم؟

زيتون متعب يلعب أدوارًا لم يكن مُعَدًّا لها في أيّ يوم من الأيام، بقدر مـا أُعِدَّتْ له.

- لقد أحسست أكثر من مرة أن الناس يربطون نمـورَهم أمـام أبـواب بيوتـهم كي تنبح. قالت لي السّت زينب، وأضافت بوهن: إحدانا تحلم الآن يا سلوى، إحدانا تموت.

قلتُ لعمّي، وكنتُ أفكّر بالدّوالي، بدالية السّت زينب، بداليـة خمـيس: أحمد الله أن المخيم بلا أرصفة. ولم يكن الأمر يهمّـه. قلـتُ لـه: لـو بقينـا في المخيم لما تجرأ حضرته إلى هـذا الحـدّ. في المخـيم يمكـن أن تُـذبَحَ بـسهولة، لكن، من الصّعب أن تُغتَصَب.

وكانت هنالك أشلاء في أَيدي الصِّبية، يلوِّحونَ بها!

وقالت السّت زينب: الدّالية مثلنا يا سلوى، مُتَحَرِّقَة، لا تـصبر. وجـاء أيمن بشتلة زيتون وقال: ازرعيها لي في الحـوش، ولم أجـرؤ. وقـال لي: إنهـا مُنوِّرة. فقلتُ له: إنها تحلُم. فسألني: وبماذا تحلم؟ فقلتُ له: تحلم أنها لم تزل هناك على أمها، لم تعرف بعد أنهم قطعوها.

وقالت: عندما مات النبي عليه السلام سـقطتْ أوراق الأشـجار حزنًـا عليه، ما عدا شجرة الزيتون، فعيّرتْها الأشجار: مِنْ حُزْني اسقَطتُ الوَرق.

فقالت أشجار الزيتون: مِنْ حزني قلبي احترق!

***

وي وي.. وي وي..

كان الناس يلوِّحون بكلّ شيء.

وي وي.. وي وي..

وازدادت قوة الاهتزازات تحت أقدامها، وخيّل إليها أن المزهريّة تزحف ببطء فوق جهاز التلفزيون، وانشغلتْ بالثّريا التي راحتْ أجزاؤها تتراطم مُصْدِرَةً رنين أجراس بعيدة، وخلْفها على بُعد خطوات سمعتْ دويًّا، التفتتْ، كانت المزهرية قد سقطتْ وتناثرتْ، فيما بقيتْ ورودُ البلاستيك يانعة.

ومن بعيد جاءت السّت زينب حاملةً حقيبتها.

وكان عبد الرحمن يركض نحو البيت.

- قلت له إنني أكره أزهار البلاستيك، لكنه أحضر المزيد منها، ولم يتوقف عند ذلك، فقام بزراعة حوضين من هذه الزهور عند المدخل، ولم يكن يسقيها، كان يستلّها من التراب يغسلها في المطبخ، يجفّفها ثم يعود ويغرسها في مكانها.

رآها حضرته وابتسم: زهورُك لا تذبل يا أبا أكرم!!

وظلتْ دالية خميس تموت..

وي وي.. وي وي..

اقتربت السّيارات أكثر، فتحتْ سلوى الباب، اندفعتْ إلى الشارع راكضة، رآها البشر المتزاحمون هنالك، فَرِحوا.

- أخيرًا عاد لها عقلها!

وراحت تشقُّ صفوفهم، وتبتعد عنهم، ولم يدركوا الأمر إلاّ حين أَوشكتْ أن تتجاوز جموعهم؛ عندها، انقضَّتْ على كتفها أيدٍ كثيرة، وسحبتْها للوراء بقوة أوشكتْ معها أن تسقط، ولمحتْ سلوى السّت زينب

تركضُ من بعيد، وخلْفها سيارات شبحيّة، شبه ذائبة في سراب الشارع، لم يكن هنالك ثم رصيف..

أشجار زيتون مُعرِّشة كالنّبات البريّ، لا غير..

وكانت الست زينب تطير في الهواء، وحقيبتُها، كأنها تحاول الوصول قبلَهم.

وكانت تريد أن تصرخ، لكنهم كانوا يشدُّونها إلى الوراء، ويشدّون صرختَها إلى الوراء.

- اعقلي يا سلوى!

- سأفرح لو أنني كنتُ بلا عقل.

كم مرّة قالتْ ذلك؟!

وتجمّعوا..

كانوا لا يريدون أن يُحرجوا حضرته بسلوى الهاربة. تقافزوا أمام سيارته، إلى أن اعتقدوا أن سلوى جاهزة هناك في الدّاخل.

- على إحدانا أن تصحو الآن يا سلوى.

وغافلتْهم، وراحتْ تصعد الدّرجات.

كان عبد الرحمن قد أصبح في الحوش.

تبعوها، ولم يجرؤ أن يتبعها، ظلَّ هناك، إلى أن رآها فجأة على الحافّة العالية.

- اعقلي يا سلوى.

وحاولوا أن يتقدّموا، تقدّموا، ليمسكوا بها، لكن الفَرْق بين يد تحاول الإنقاذ ويد تحاول الدّفع إلى الهاوية كان يختفي، فحلَّقَتْ سلوى طويلًا، ولم تكن تحتها أرض.

- على إحدانا أن تصحو الآن يا سلوى.

ورآها عبد الرحمن تتّجه نحوه، ابتعدَ بسرعة، فدوّى ارتطامها عند قدميه.

- لو سقطتْ عليَّ لقتلتني.

وصرخ أحدهم من أعلى البناية: ماتت؟!

فانـحنى عبد الرحمن، جسَّ نبضَها.

وصرخ : لِسَّه!

فهبطوا الدّرجات مسرعين.

حملوها

وراحوا يصعدون بها ثانية!

واستدارت سيارات حضرته عائدة.

وصلوا حافّـة السطح، ألقوا بها. وكـان عبـد الـرحمن حـذِرًا فـسقطتْ بعيدًا عنه هذه المرّة.

وصرخوا

- ماتت؟

فانحنى عليها، جسَّ نبضها، ولم يكن ثمة دماء، لم يكن ثمة سوى عينين مشرعتين.

فصرخ : لِسَّه!

وأحسّ أنه يعيش لحظةَ تحرُّره من كلِّ شيء.

وراحوا يهبطون الدّرج من جديد.

حملوها..

وكما لو أنهم لم يتعبوا أبدًا، وصلوا سريعًا إلى حافة السّطح، وألقـوا بهـا، وقبل أن تصل الأرض كانوا يصرخون به.

- ماتت؟

- ... ...!!

- على إحدانا أن تصحو الآن يا سلوى.

على إحدانا أن تصحو الآن يا سلوى.

في الملهاة وجذورها

لَهَا بالشيء، لهوا: أولع به.

لَهَا، لِـهْيانا عن: إذا سلوتَ عنه وتركت ذكره وإذا غفلت عنه.

ولَـهَت المرأةُ إلى حديث المرأة: أَنِست به وأعجبها.

قال تعالى (لاهية قلوبهم) أي متشاغلة عما يُدعَونَ إليه. وقال (وأنت عنه تلهّى) أي تتشاغل.

وتلاهوا: أي لها بعضهم ببعض.

ولهوت به: أحببته.

والإنسان اللاهي إلى الشيء: الذي لا يفارقه. وقال: لاهى الشيء أي داناه وقاربه. ولاهى الغلامُ الفطامَ إذا دنا منه.

واللُّهوْةُ واللُّهْيةُ: العَطِيَّة. وقيل: أفضل العطايا وأجزلها.

(لسان العرب)

إبراهيم نصرالله

مواليد عمّان، من أبوين فلسطينيين أُقتلعا من أرضهما في عام 1948.

*** صـــدر له شعرًا (الطبعات الأولى):**

الخيول على مشارف المدينة،1980. المطر في الداخل، 1982. الحوار الأخير قبل مقتل العصفور بدقائق، 1984. نعمان يسترد لونه، 1984. أناشيد الصباح، 1984. الفتى النهر والجنرال، 1987. عواصف القلب 1989 .حطب أخضر، 1991. فضيحة الثعلب، 1993. الأعمال الشـعرية- مجلد يضم تسعة دواوين، 1994.شـرفات الخريف، 1996. كتاب الموت والموتى، 1997. بسم الأم والابن، 1999. مـرايا الملائكــة،2001. حجرة الناي، 2007. لو أنني كنت مايسترو، 2009.أحوال الجنرال، مختارات، 2011. عودة الياسمين إلى أهله سالما، مختارات، 2011. على خيط نور.. هنا بين ليلين 2012. الحب شرير، 2017.

*** الروايـــات: (الطبعات الأولى):**

براري الحُمّى، 1985 . الأمواج البريّة، 1988. عَـــوْ، 1990.
حارس المدينة الضائعة، 1998.

الملهاة الفلســطينية (الطبعات الأولى): (كل رواية مستقلة تماما عن الأخرى)

طيور الحذر، 1996. طفل الممحاة، 2000. زيتون الشوارع. 2002، أعراس آمنة، 2004. تحت شمس الضحى، 2004. زمن الخيول البيضاء، 2007- اللائحة القصيرة لجائزة البوكر العربية، 2009. قناديل ملك الجليل، 2012. أرواح كليمنجارو، 2015. مجرد 2 فقط، 1992. ثلاثية الأجراس، 2019.

الشـــرفات: (الطبعات الأولى): (كل رواية مستقلة عن الأخرى)

. شرفة الهذيان، 2005. شرفة رجل الثلج، 2009. شرفة العار، 2010، شرفة الهاوية 2013. شرفة الفردوس، 2015. حرب الكلب الثانية، 2016.

*** كـــتب أخرى (الطبعات الأولى):**

هزائم المنتصرين - السينما بين حرية الإبداع ومنطق السوق، 2000. ديـواني - شعر أحمد حلمي عبد الباقي. إعداد وتقديم، 2002. السيرة الطائرة: أقل من عدو، أكثر من صديق، 2006. صور الوجود ـ السينما تتأمل 2008. كتاب الكتابة، 2018.

* ترجم عدد من أعماله الروائية إلى الإنجليزية، الإيطالية، الدنمركية، التركية، ونشرت قصائد له بالإنجليزية، الإيطالية، الفرنسية، الألمانية، الإسبانية، السويدية...

* أقام أربعة معارض فوتوغرافية وشارك في معرض (كتّاب يرسمون)

* عضو لجنة تحكيم في عدد من الجوائز الأدبية والمهرجانات السينمائية.

*** نال عشر جوائز عن أعماله الشعرية والروائية من بينها:**

.الجائزة العالمية للرواية العربية البوكر، 2018، عن رواية حرب الكلب الثانية.
. جائزة كتارا للرواية العربية، 2016، عن رواية أرواح كليمنجارو.
. جائزة القدس للثقافة والإبداع (الدّوْرة الأولى) 2012.
. جائزة سلـطان العـويس للشـعر العربي، 1998.
. جائزة تيسير سبول للرواية، 1994.
. جائزة عرار للشعر، 1991.

M000028131